Jupiter

Satz: Fotosatz Rizner, Salzburg
Printed in Germany by Friedrich Pustet, Regensburg
ISBN 3-7017-1167-4

Thomas Jonigk

JUPITER

ROMAN

Residenz Verlag

I

Das Lokal hatte sich bereits vor meinem Eintreten bis auf vier Leute geleert. Ich konnte also nicht schuld daran gewesen sein, obwohl ich den Eindruck gewann, daß Pedro, der Wirt, mich mit einem Blick ansah, aus dem Anklage sprach. Pedro ist Gastarbeiter. Er lebt unter uns, und ich habe nichts Nachteiliges über ihn zu sagen.

Ich hatte ein Gesicht frei von Vorurteilen aufgesetzt, als ich ihn im Hereinkommen grüßte und um ein Orangensaftkonzentrat bat. Pedro erachtete mich keines einzigen Blickkontaktes für würdig. Vielleicht hätte ich Alkohol bestellen müssen, den ich nicht trinke. Dies ist das Resultat einer Sparmaßnahme, die ich mir vor einem Jahr mit dem Beginn meiner unverschuldeten Arbeitslosigkeit auferlegt habe.

Schuldlos beschäftigungslos.

Andere kompensieren diesen Schlag eines unberechenbar wirtschaftenden Schicksals, indem sie fremdsprachige Mitmenschen anzünden oder ihnen die Zungen aus den Mundhöhlen herausschneiden. Ich verstehe das. Aber ich bin anders.

Ich habe nichts gegen andere einzuwenden, solange ich von ihnen vorbehaltlos anerkannt werde.

Mein vor meiner Arbeitslosigkeit gelegenes Leben war ansprechend gewesen, obwohl es mir damals nicht so vorgekommen war. Dennoch schien mir meine Vergangenheit, die ich zu jener Zeit noch vor mir hatte, schon früh ohne Zukunft.

Vielleicht war das Leben, das hier mit mir geführt wurde. Ich hatte keinen Anteil daran.

Ich konnte nicht schuld an mir gewesen sein.

Dennoch bestehe ich darauf, etwas dargestellt zu haben. In meiner Zeit als Einzelhandelskaufmann in einem traditionsreichen Herrenbekleidungsgeschäft mit Niveau habe ich es nicht nötig gehabt, darauf zu achten, wieviel Geld ich ausgab. Ich tat es einfach. Ich tat es mehrfach. Und ich war jeden Tag so tadellos angezogen, als sei er ein Sonntag, der etwas Besonderes ist, weil er ein Sonntag und kein gemeiner Wochentag ist.

Mittlerweile bin ich neunzehn. Ich habe Spaß am Sparen, da man dabei so wenig Geld ausgibt, aber noch lieber gehe ich einer geregelten Arbeit in Form eines Angestelltenverhältnisses nach und zahle freiwillig Beiträge für meine Rentenversicherung. Ich möchte auch im hohen Alter, das ich nie erreichen werde, abgesichert sein. Es widerstrebt mir, dem Staat zur Last zu fallen, dem ich etwas zu verdanken habe, was mir gerade entfallen ist. Ich finde, ich sollte einmal versuchen, darüber nachzudenken.

Arbeitslos.

Schlagartig fühlte ich mich alt, asozial und im atemraubenden Griff einer Isolation, die mir entgegenzukommen schien. Möglicherweise übte ich diese Ausstrahlung auch auf den Wirt Pedro aus, der gerade eine Tresenverzierung aus Messingimitat polierte, die hervorragend mit den darüberhängenden Tiffany-Lampen harmonierte, von denen ich nur zu gerne gewußt hätte, wie und womit er sie reinigte. Ich glaube, daß er sie erst vor kurzem von eigens dafür ausgebildeten Handwerkern hatte installieren lassen, die ein Angestelltenverhältnis bekleideten und nicht arbeitslos waren. Ich glaube auch, daß er mich früher immer grüßte. Ich nehme an, daß das unter Freunden üblich ist, als eine Form der Kontaktaufnahme sozusagen. Ich nehme ebenfalls an, daß er mich mag. Ich weiß, daß er mich mag.

Sonst hätte er sich nicht vierzehn Mal von mir befriedigen lassen.

Pedro ist mir eigentlich fremd. Alle meine Freunde sind Fremde. Ich kenne sie nicht.

In diesem Punkt bin ich ganz entschieden nicht meiner Meinung. Ich kenne einen meiner Freunde. Pedro. Vielleicht sollte ich ihn einmal in Fragen der Kleiderwahl beraten. Als sein Freund fühle ich mich dafür verantwortlich, daß er ansprechend aussieht, damit ich mich mit ihm sehen lassen kann, ohne daß aufmerksame Menschen mit ausgestreckten Fingern auf uns deuten, die ich von mir weisen müßte. Die unförmige Jeans, die er wie ein nicht zu bewältigendes, schweres Schicksal trug, war wirklich unmöglich. Eine flotte Steghose würde an diesem im Altern begriffenen Körper das Wunder wirken, auf das so viele Menschen lebenslänglich vergeblich warten. Ich trug übrigens eine rote, die zu meiner Verzweiflung überhaupt nicht mit dem bordeauxfarbenen Samtbezug der Wände harmonierte.

Warum war mir das früher nie aufgefallen?

Ich schämte mich für mich.

Ich hätte das Orangensaftkonzentrat, das mir ausdrucks- und kommentarlos herübergeschoben worden war, nicht trinken sollen. Vor allem aber hätte ich zu Hause keine Fischkonserven essen sollen: Sardinen in Öl für 1,99 DM sowie Hering in Tomatensauce, an dem ich aufgrund des ungewöhnlich niedrigen Preises von 1,29 DM nicht hatte vorbeigehen können.

Wie leicht geht der Mensch zu weit. Ich aber blieb stehen vor dieser preislich herabgesenkten Fischkonserve, deren Verfallsdatum offensichtlich abgelaufen war und die mir jetzt schwerer als erträglich im Magen lag. Die Fruchtsäure meines Orangensaftkonzentrates, für das ich, wie mir schien, letztes Mal weniger bezahlt hatte, gab mir den Rest. Mein Unterkörper, den genauer kennenzulernen ich schon immer vermieden hatte, sendete alarmartige Töne aus, die klangen, als setze eine Motorsäge in mir an, von der ich niemals gewußt hätte, wie sie zu bedienen ist. Als ich mich aber besorgt umsah, schien keiner der vier verbliebenen Gäste etwas zu bemerken.

Keiner der vier verbliebenen Gäste schien mich zu bemerken.

Von Pedro rede ich nicht.

Als Hauptstadtbürger bemühe ich mich üblicherweise um das Aufmerksamkeitsmonopol, aber diesmal war ich geradezu erleichtert über das Maß an Ignoranz, das mir entgegenschlug. Getroffenen, aber aufrechten Hauptes ließ ich mich nicht zu Fall bringen. Ich strich mein schwarzes Seidenhemd glatt, auf das ich in meiner Angestelltenzeit zwanzig Prozent Rabatt erhalten hatte und das immer noch topgepflegt aussah, um die Aufstände in den Tiefen meines Körperinneren durch eine faltenfreie Präsentation meines Erscheinungsbildes auszugleichen. Ich stieß Fischsonderangebote für insgesamt 3,28 DM auf. Parallel zu meiner im Umdrehen begriffenen Peristaltik ergriff mich Panik: Hatte ich das Bügeleisen ausgesteckt?

Zwei junge türkische Mitbürger traten ein. Ich hatte mich schon seit dem Eintreten in Pedros Lokal gefragt, ob sie mir hierher folgen würden. Beide trugen Bomberjacken, hautenge Hemden und ausgeblichene Jeans, die sie so hoch zogen, daß sich Hoden und Penis in angriffsbereiter Stellung abzeichneten. Das Oberhemd des einen war weiß. Das des anderen schwarz. Ich bevorzugte das weiße.

Weiß steht für Reinheit.

Der eine hatte noch Spermaflecken auf der Hose.

Ich schenkte ihnen ein freundliches Lächeln, ähnlich dem, das Pedro mit Nichtachtung gestraft hatte. Natürlicherweise hatte ich mich dadurch nicht irritieren lassen.

Freundlichkeit ist eine Bürgerpflicht.

Auch die beiden unter uns lebenden türkischen Mitbürger ließen bezüglich meiner faltenfrei und topgepflegt präsentierten Person keine Anzeichen eines Wiedererkennens aufkommen und postierten sich in einer entfernten Ecke des Raumes, gleich neben dem großen Pierrotbild, um das ich Pedro beneidete.

Ich verstand die Welt, die ich nie verstanden hatte, nicht mehr. Ich schlug spontan ein unbehaartes Bein über das andere und begann schuldbewußt an meinem trotz Preiserhöhung immer noch recht preiswerten Fruchtsaftkonzentrat Geschmacksrichtung Orange zu nippen, während der Schwarzbehemdete sich mit vorgestrecktem Unterkiefer auf den Tresen zu bewegte, um, wie ich geradezu zufällig verfolgte, zwei Biere zu bestellen. Mir schien, daß Pedro sich angeregt mit ihm unterhielt.

Was hatte ich nur falsch gemacht.

Jetzt prostete Pedro dem anderen mit dem weißen Oberhemd, das ich dem schwarzen vorzog, zu. Ein kurzes Zucken des Kopfes, das an ein Nicken gemahnte, war die Reaktion. Pedro schien zufrieden, während der Südländer wieder in der für ihn charakteristischen, Gastfreundlichkeit bezeigenden Breitbeinigkeit Platz genommen hatte. Es schien, als stünden die beiden Fremdländer unter starker Erregung. Ich sah ihre Halsschlagadern schwellen. Es sah aus, als sähen sie durch mich hindurch.

Ich interessiere mich wirklich für andere Kulturen, deren Unterschiedlichkeit zu mir ich furchterregend finde. Weshalb redete Pedro nicht mit mir? Vielleicht lag ein Sprachproblem vor. Ich verstand das mich umgebende Verhalten nicht. Mit den türkischen Mitbürgern hatte Pedro geredet. Ich hatte es genau gesehen.

Möglicherweise war Pedro auch einer der zahlreichen türkischen Mitbürger, die meiner Meinung nach nicht die deutsche Staatsbürgerschaft erhalten sollten. Ich hatte mir über Pedros Nationalität noch nie Gedanken gemacht, spürte nun aber instinktiv, daß dies eine mögliche Erklärung für meinen Zustand des Ausgestoßenseins darstellte. Gleich und gleich gesellt sich gern. Ich aber war offensichtlich anders. Warum war ich nicht gleich darauf gekommen. Entsetzlich.

Für mich sehen Südländer alle gleich aus.

Sie sehen gut aus.

Ich bin da ganz vorurteilsfrei.

Im allgemeinen gelte auch ich als gutaussehend. Zwar hatte mir dies bisher außer meinem Vater, den zu haben ich das Glück habe, niemand mitgeteilt, aber schon immer war ich ein beliebter und oft genossener Sexualpartner gewesen, woraus ich wohl nicht ganz zu Unrecht schloß, daß ein Großteil der geschlechtsreifen männlichen Menschheit Gefallen an mir fand.

Was war nur los?

Im verchromten Spiegel gegenüber, der die Rückwand der Bar bildete, erblickte ich zwischen einer Flasche Bols Banane und einem Jägermeister zu meinem Entsetzen ein gräulich koloriertes Element, das offensichtlich ich war. Sein Gesicht sah genauso schlecht aus, wie mein Körper sich fühlte, für den ich üblicherweise nicht viel übrig hatte.

Ich weiß nicht, was ich mit soviel Fleisch anfangen soll.

Ich konnte nicht herausfinden, ob mein schlechtes Befinden mit den Fischkonserven im Wert von 3,28 DM in meinem Körper oder mit der Unerreichbarkeit von allem außerhalb meines Körpers zusammenhing. Ich mußte unbedingt eine angenehme Erinnerung in mich hineinlassen.

Mein Vater, bei dem ich gestern gewesen war.

Meine Mutter, die Frau meines Vaters.

Mit mir ist das eine Familie.

Die beiden türkischen Mitbürger, die wie zahlreiche andere unter uns leben, hatte ich nebenan auf der öffentlichen Toilette getroffen. Ich lege Wert auf Hygiene und werde nie verstehen, warum Bedürfnisanstalten immer unzureichend sauber und unzulänglich desinfiziert sind, vom schlechten Geruch nicht zu sprechen, der von herumliegendem Kotstücken sich schlecht ernährender sowie charakterlich schwer verdaulicher Menschen und deren abgestandenem Urin herrührt, mit dem heutzutage sogar Therapien durchgeführt werden, wie ich mich in meiner Lieblingsillustrierten habe lesen lassen.

Ich würde nie etwas einnehmen, das aus mir kommt.

Um meine rote Steghose nicht zu beschmutzen, hatte ich den Fliesenboden vor ihnen mit diversen Lagen Papierhandtüchern ausgelegt, die ich einem abgenutzten metallenen Behältnis links vom natürlich ungeputzten Waschbecken entnahm. Ich war auf den Knien gewesen. Ihre Penisse hatten vor meinen Augen wie zum militärischen Gruß ausgestreckte Arme in eine für mich nicht aushaltbare Höhe gestrebt. Der eine maß im erigierten Zustand mindestens fünfundzwanzig Zentimeter. Der andere, der des Schwarzbehemdeten, verschwand so schnell in meinem desinfizierten Mundraum, daß ich mir keine exakte Aussage gestatten möchte. Ich erlaube mir nicht zu lügen, tippe jedoch auf zwanzig bis zweiundzwanzig Zentimeter.

Welches Ausmaß mein Penis im erigierten Zustand annimmt, will ich nicht wissen. Ebensowenig, ob er jemals erigiert gewesen ist, während ich penetriert worden bin. Ich verfüge über kein gutes Gespür und kein Gefühl für mich. Aber das alles ist nicht wirklich wichtig, solange ich beweisen kann, dabeigewesen zu sein, auch wenn ich immer den Eindruck habe, daneben zu stehen, nicht aus mir hinaus zu können und nicht hinein zu wollen in das, was sich mir immer wieder nicht eröffnet.

Ich interessiere mich nicht für mich.

Ich finde: Das männliche Glied ist ein bemerkenswertes Körperteil. Die Hauptmasse dieses zylindrisch geformten Organs, um das ich meine Zunge virtuos und dennoch entspannt kreisen ließ, nehmen die langgestreckten Schwellkörper ein, die aus einem schwammartig gebauten Gewebe mit zahlreichen Blutkammern bestehen. Starke Auffüllung der Blutkammern führt zur Versteifung des Gliedes, welches bis zum Schaft in mich hineingeschoben wurde und dort wie ein von Mutterhand geformter Hefeteig aufging, während ich meinen Kopf rhythmisch vor- und zurückschnellen ließ. Früher hatte ich beim Oralverkehr des öfteren mit Würgegefühlen oder Brechreiz zu kämpfen gehabt, aber mittels gezielter Ausschaltung meiner Atmung und der anwendungsüblichen Sinne schaffe ich es, über meine Grenzen hinauszugehen und dem anderen den höchstmöglichen Grad an Befriedigung zu verschaffen. Ich bin immer nur dann zufrieden, wenn der andere befriedigt ist. Lediglich die Belastbarkeit meiner Knie stellt ein Problem dar, eine Schwäche, unter der ich bereits als Kleinkind zu leiden hatte. Vielleicht sollte ich zukünftig stets vorsorglich ein als Unterlage anzuwendendes Kissen mit mir führen.

Ich wurde vom Schwarzbehemdeten am Hinterkopf gepackt, ohne daß er, wie ich später feststellen konnte, meine Frisur nennenswert zerstörte, und in regelmäßigen Abständen mit der Stirn gegen seine Bauchdecke gestoßen, die sich offenbar hinter dem undurchdringlichen Hauthaarpelz befand, den ich vor geschlossenen und unangenehmerweise tränenden Augen hatte. Er erwies sich dadurch nicht nur als mitdenkend, sondern auch als ausgesprochen freundlich, denn durch seinen unterstützenden Griff verhalf er mir dazu, die Zahl der Penetrationen in meinen Mund zu verdoppeln. Ich bezeigte meine Dankbarkeit, indem ich seine sich rasch straffenden Hodensäcke ergriff und die darin befindlichen Hoden von der Größe eines handelsüblichen Hühnereis, dessen übertriebener Stückpreis 30 bis 35 Pfennig beträgt, fingerfertig massierte.

Neben mir begann der andere mit dem weißen Oberhemd, das ich dem schwarzen vorzog, zu masturbieren. Ich fühlte mich schuldig, als meine kurzfristig geöffneten Augen im Vorbeieilen sehen mußten, wie er seine aus mir unerfindlichen Gründen nicht beschnittene Vorhaut zusammenfaltete und die mit starken, einfettenden Talgdrüsen versehene Eichel freilegte, die durch eine seichte Furche, den Hals, vom Penisschaft getrennt ist. Ich fühlte es: er mußte sich zurückgesetzt fühlen. Sein Glied, das wie ein fremdartiger Unterarm an ihm gehangen hatte, war in der Zwischenzeit vollständig aufgerichtet. Es sah mich an wie die Aale in den Alpträumen meiner Kindheit, die ich unter den wachsamen Augen meiner Eltern gegessen hatte. Ich hatte eine glückliche Kindheit, an die ich mich nicht erinnern kann. Aber ich weiß, daß es eine schöne Zeit war.

Ich verdränge nämlich alles Positive.

Ich sehe nicht einmal das Gesicht meiner Mutter vor mir, mit der ich mich gut verstehe.

Ich verstehe mich gut mit Frauen. Ich verstehe auch ihren Phallusneid. Ich wäre als Frau genauso.

Beim Samenerguß werden circa dreihundert Millionen Samenzellen durch den Samenleiter und die Harnröhre geschleudert. Der Samenleiter hat eine außerordentlich kräftige Muskulatur, die sich dabei in peristaltischen Wellen über den ganzen Samenleiter hin kontrahiert. Er geht durch den Leistenkanal an die Seitenwand des Bauchraumes und des Beckens, begibt sich dort an die Unterseite der Harnblase, wo er durch die Vorsteherdrüse hindurch in die Harnröhre einmündet. Davor liegt noch die Samenblase, die dem Samen ein alkalisches Sekret zugibt, das einerseits die Menge der Samenflüssigkeit vermehrt, andererseits die Spermien beweglich macht. Das Sperma wird bei der Ejakulation durch die Harnröhre entleert.

Normalerweise machte es mir nichts aus. Ich machte mir auch keine Gedanken über ansteckende Krankheiten. Ich mußte jemandem nur in die Augen schauen, um zu wissen, ob ihm zu trauen war. Ich würde es sofort erkennen, wenn jemand nicht vertrauenswürdig wäre. Diesmal hatte ich die Gesichter nicht gesehen, aber ich traute ihnen trotzdem. Südländer sehen in meinen Augen alle gleich aus.

Ich habe keine Angst vor ansteckenden Krankheiten. Ich habe Angst vor Krankheiten, die ich habe.

Sie hatten gewußt, was sich gehört. Ich wollte um jeden Preis Sekretflecken auf meinem schwarzen Seidenhemd vermeiden, auf das ich in meiner Angestelltenzeit zwanzig Prozent Rabatt erhalten hatte und das noch immer topgepflegt aussah. Die beiden türkischen Mitbürger entledigten sich ihrer Erregung auf so entgegenkommende Weise, als hätten sie meine Angst vor Befleckung wahrgenommen. Der eine entledigte sich seiner selbst in meinen Mund und der andere mit dem weißen Oberhemd, das ich dem schwarzen vorzog, an die Spiegelwand, sich wegen sich selbst stimulierend.

Wie Fadenwürmer wand sich sein Samen die reflektierende Glasfläche hinab.

Seine heruntergezogenen Mundwinkel schienen von Ekel vor Selbstbefriedigung zu sprechen. Aber sein Spiegelbild hatte ihn zu sich selbst überredet.

Wir hatten weder Wort noch Blick gewechselt.

Vielleicht hatte das Sperma meinem Magen den Rest gegeben: Sardinen in Öl, Hering in Tomatensauce, Orangensaftkonzentrat und einmal Ejakulat. Vielleicht war es auch nicht so gewesen, aber eine kostenlose Überlegung, die auch ein Arbeitsloser sich leisten konnte, war es mir wert gewesen.

Ich wehrte mich nicht, als sie mich wortlos aus dieser öffentlichen Einrichtung hinauswarfen, die sicher mit Hilfe meiner Steuergelder, die ich seit einem Jahr nicht mehr gezahlt hatte, errichtet worden war. Weshalb hätte ich mich wehren sollen. Sie werden ihre Gründe gehabt haben, die zu ergründen eine Aufgabe ist, die zu lösen mir immer noch obliegt. Vielleicht führten südländische Schamgefühle zu dieser verzeihlichen Sprachlosigkeit.

Ein Wort ist immer befremdlich, wenn es nicht ausgesprochen wird.

Ich spreche gern.

Ich breche gern aus einem Schweigen aus, in dem ich mit mir allein bleibe.

Ich überreichte ihnen Dankesworte für die mir zuteil gewordenen Freundlichkeiten und verließ sie in Richtung von Pedros Lokal, das sich bereits bis auf vier Personen geleert hatte, als ich es betrat. Ich konnte also nicht schuld daran gewesen sein.

Ich will kein schlechter Mensch sein.

Wenn ich unschuldig war, konnte ich aber nicht schlecht sein.

Mein Vater liebt mich. Demnach kann ich überhaupt kein schlechter Mensch sein.

Ich fühlte mich sofort schlecht bei der Überlegung, daß es Vater gesundheitlich nicht gut ging. Vater mußte deshalb einen Kuraufenthalt auf sich nehmen, den er am selbigen Tag angetreten hatte. Es ging ihm schlecht.

Ich war dagegen gewesen, daß er weggeht, damit es ihm besser geht.

Wann würde ich ihn wiedersehen?

In vier Monaten.

Am zehnten Juni.

Mir war schlecht. Und es wurde immer schlimmer.

II

Als ich sechzehn wurde, war mein Schulfreund Harald, zu dem ich kein gutes Verhältnis hatte, fünfzehn.

Mein Name ist Martin, und mein zu meinem Geburtstag eingeladener Schulfreund, zu dem ich kein gutes Verhältnis hatte, war ein Jahr jünger als ich.

Meinen Eltern galt er als Freund der Familie, obwohl er ein Fremder war.

Ich hatte ihn nicht eingeladen.

Mein Vater lag schwer atmend auf seiner Betthälfte und litt unter fortgeschrittenen rheumatischen Beschwerden, während meine Mutter inmitten beeindrukkender Fleischmassen befindlich, die ihre eigenen verkörperten, den Zeigefinger ihrer linken Hand über die Fernsehfernbedienung gleiten ließ. Neben ihren wasserblauen Augen war ihr linker Zeigefinger der einzige Körperteil, dem sie Bewegung gewährte.

Mutter ist nicht gelähmt.

Sie ist nicht blind.

Aber sie will nicht sehen, weshalb sie sich bewegen sollte.

Vater ist immer für Mutter da.

Mutter beschützt Vater.

Ich mag meine Mutter.

Ich kann sagen, was ich will. Auch wenn es nicht stimmt, und ich es gar nicht sagen will.

Es war mein Geburtstag.

Ein Tag wie jeder andere.

Mein Tag.

Vielleicht werde ich mir eines Tages einmal etwas wünschen.

Mutter war Lehrerin gewesen. Lehrerin für Kunst und Politik. Jetzt ist sie Frührentnerin und vertritt die Ansicht, es gebe kein Recht auf persönliches Leiden angesichts des in unzähligen Sendungen und Liveübertragungen dargelegten, nicht darstellbaren Elends in der kapitalistisch verseuchten Welt, aber da ihr wie mir viel an Vater und seinem gesundheitlichen Fortkommen liegt, billigt sie seine Krankheit und kämpft für ihn: selbstverständlich vor dem Fernseher, mit hängendem Haar und ungeschminkt wie Frauen der Arbeiterklasse, die sich Make-up nicht leisten können und überdies keinen Wert auf ihr Aussehen legen, während sie Brotteige für Großkommunen kneten.

Das Fernsehgerät verkörpert den Mittelpunkt von Mutters Welt, die sich nur um sie selbst dreht. Wenn ich mich neben ihr befinde, erlebe ich die Welt mit wasserblauen Augen, die offensichtlich nicht mir gehören. Sie sind blind gegenüber allem, ausgenommen Politik-, Nachrichten- und Gesundheitsmagazinen. Sportsendungen sind in Mutters Gegenwart verboten.

Sie verabscheut Unterhaltungsfilme ebenso wie Musicals.

Von amerikanischen Melodramen nicht zu reden.

Die westliche Unterhaltungsindustrie trage auf fatale Weise zur Entmündigung entrechtet gehaltener Massen bei. Die mediale Berieselung Schwächerer, die einfach zu Konsumenten degradiert würden, sei nichts anderes als Gehirnwäsche. Die Chefs der Fernseh- und Kinowelt gehörten unter Kuratel. Mutter findet, es sei Zeit, gegen das gesellschaftliche Unrecht in der Welt aufzustehen.

Wenn sie Zeit fände, sich vom Sofa zu erheben.

Manchmal, wenn ich bei ihr sitze und sie schläft, sehe ich mir tonlos eine Gameshow an.

Oder lese den dazugehörigen Teletext.

Ich freue mich für die Sieger und identifiziere mich mit den Verlierern.

Ich brauche ein Gefühl der Dazugehörigkeit.

Ich bin gerne bei meiner Mutter und meinem Vater.

Vater ist immer für meine Mutter dagewesen.

Aber sein Zustand wurde immer schlimmer.

Ich tue alles für Vater. Aber ich weigere mich, etwas über die Welt zu wissen, was nicht in Ordnung ist.

Ich schalte dann ab.

Es war an meinem Geburtstag, der ein Tag wie jeder andere war. Aus Mutters Masse heraus verkündete eine überzeugte Stimme, dem krankhaften Knochensubstanzverlust meines Vaters sei keinesfalls mittels eines Kuraufenthaltes, sondern nur mit Fluorpräparaten bei gleichzeitiger Stärkung der Wirbelsäule mittels eines Hometrainers beizukommen. Mein Schulfreund Harald, der ein Fremder war und dennoch als Freund der Familie galt, und ich nahmen dies zum Anlaß für einen kreislaufstärkenden Spaziergang.

Ich hatte immer schon gewußt, daß ich mich vor meinem Schulfreund Harald, der ein Jahr jünger war als ich und nicht zur Familie gehörte, in acht nehmen mußte.

Ich mußte an seiner Seite in Bereitschaft bleiben.

Um uns herum dauernd feuchtes, schwammiges und tierarmes Gelände mit artenarmer Pflanzengesellschaft: Moor. Ich wollte nicht bleiben, wo ich war, aber ich kam nicht voran. Ich versank. An einer entlegenen Stelle, an der außer mir nur Amöben, Regenwürmer, Asseln und Egel ein Leben wie die Tiere führten. Mein Schulfreund Harald war außer Sichtweite, während ich in Mooraugen blickte, die durch Humussäuren braun gefärbt waren. Sie gemahnten nicht nur vom Geruch her an Fäkalien. Zu Hause pflegte ich körpereigene Ausscheidungen unbesehen wegzuspülen, aber hier stieg der

Schlamm an, und tückische Moorenten, die mich, wie mir schien, höhnisch ansahen, schwammen erhobenen Hauptes vorbei. Irgend etwas zog mich nach tief unten, während in Gegenrichtung ausgestorben geglaubte Reptilien an mir emporstiegen.

War auch ich vom Aussterben bedroht?

Inmitten dieser gallertartigen Masse trieben rundliche Schaumnester an mir vorbei, in die der Sumpffrosch seine zahlreichen Eier ablegt, während er selbst sich in den Boden eingräbt, in dem ich mich befand. Ich spürte, wie er genau in diesem Moment Richtung Oberfläche strebte.

Vielleicht war es aber auch Fisch.

Ich dachte an Moorleichen. Es gibt Funde, die bis in die jüngere Eisenzeit zurückweisen und die durch ihren Erhaltungszustand wertvolle Aufschlüsse über Ernährung, Konstitution und Kleidung der damaligen Populationen geben.

Ich hätte etwas anderes anziehen sollen, als ich das Haus verließ, schoß es mir durch einen Kopf, der sich immer schon als Zielscheibe für anderer Menschen Pfeile geeignet hatte.

Faulgase griffen mit Fangarmen nach meiner Nase, während ich immer weiter im Schleim versank. Ich spürte, wie meine Füße mich gegen uralte Embryonen stießen, die von ihren Eltern hier abgestoßen worden waren. Nur mein Kopf war noch draußen. Mein Atem ging nicht mehr ahnungslos.

Es stieg an.

Ich versank.

Jeder Mensch braucht ein Ziel, und ich wollte zurück. Es fühlte sich an, als würde ich von etwas angezogen, an das ich mich nicht erinnern konnte, mit dem ich aber mittels einer Nabelschnur verbunden war. Da unten in der gebärmütterlichen Wärme hatte ich das gesamte Leben noch greifbar gehabt. Es gab mich noch nicht. Ich würde erst geboren werden. Ein gutes Gefühl.

Aber wenn mein Entstehungsprozeß so war, wie ich ihn versinkend empfand, dann schien es mir folgerichtig zu sein, daß ich bin, wie ich bin.

Ich war am Ende, bevor ich überhaupt angefangen hatte.

Ich ging unter.

Viel zu spät kam die rettende Hand von Harald.

Ich übergab mich.

Ich erbrach.

Die sanitären Anlagen in Pedros Lokal sind äußerst geschmackvoll. Hier hatte ein Innenarchitekt den zur Verfügung stehenden Raum klug eingeteilt, lindgrün fliesen und kacheln lassen und trotz der geringen Quadratmeterzahl zwei Handwaschbecken und zur Rechten drei Toilettenkabinen unterbringen können. Links befanden sich jene Installationen, die dem, der es wünscht, das Urinieren im Stehen ermöglichen. Ich könnte das nicht.

Dort stand mit mir zugewendetem Rücken ein Mann in einer roten, geschmackvoll gewirkten Hose, den ich im Lokal nicht wahrgenommen hatte.

Ich ergoß mein Erbrochenes in so großen Mengen über die Toilette, die der Tür am nächsten war, daß ich befürchtete, es bliebe nichts von mir übrig außer der Haut, die ich zu retten hatte, wenn dem Volksmund Glauben zu schenken ist, woran ich im allgemeinen nicht zweifle.

Ich hatte vergessen, den Deckel anzuheben, so daß sich eine mit hühnereigroßen Segmenten durchsetzte, nach Fisch riechende Flüssigkeit über das WC ergoß, das schon vorher nicht wirklich sauber gewesen war, wie ich mit einem hausfraulichen Blick festgestellt hatte.

Ich nahm mir vor, mich mit meinem vor mir liegenden Teil meiner selbst auseinanderzusetzen, sobald mein Befinden sich wieder gebessert haben würde.

Ermattet hob ich den Toilettendeckel. Die darauf befindlichen Lachen von Erbrochenem bahnten sich ihren Weg zum vorbildlich gefliesten Boden. Mein Blick fiel auf eine WC-Ente, die mich, wie mir schien, höhnisch ansah.

War ich das auch? War ich auch dieser Geruch von Unverdautem, von dem mir übel wurde?

Ich hoffte, mein Innenleben möge anders aussehen als das, was da aus mir herausgekommen war. Die inneren Werte wurden doch von der mich umgebenden, gut aussehenden Allgemeinheit als entscheidend bezeichnet, aber worin ich hier kniete, das schien mir nach gründlicher Reinigung mit einem Scheuerpulver zu schreien, das die Umwelt nicht belastete, sondern im Gegenteil rückhaltlos von ihr abgebaut wurde.

Ich identifizierte mich mit diesem Scheuerpulver.

Ich wollte kein Ladenhüter sein, aber nach mir bestand keine Nachfrage.

Was sollte ich Pedro sagen, der ohnehin nicht mehr mit mir sprach?

Geschwächt wie ich war, stellte ich fest, daß Tränen an meiner Gesichtsoberfläche herabliefen. Ich sah vermutlich unmöglich aus. Dafür schämte ich mich.

Später war ich geradezu entstellt.

Der eine türkische Mitbürger mit dem weißen Oberhemd, das ich dem schwarzen vorzog, hatte mich offenbar sympathisch gefunden, denn er war mir zu den sanitären Anlagen gefolgt. Er stieß meinen unvorbereiteten, angriffleichten Kopf in die Toilettenschüssel, riß meine ohnehin befleckte, aber mit dem richtigen Waschmittel zu rettende rote Steghose herunter und rammte mir seinen Unterarm in den Anus.

Ich vermutete zumindest, daß es sein Unterarm war. Genauso fühlte es sich an.

Ich habe keinen sehr engen Anus bzw. festen äußeren Schließmuskel, stehe jedoch der periodischen Anwendung von Gleitschutzmittel nicht ablehnend gegenüber. Es gibt da einige preisgünstige und dennoch zweckdienliche Fabrikate, von denen ich immer einen Vorrat zu Hause habe. Durch den Erwerb eines Gleitschutzmittels in harmonischen Intervallen verhelfe ich einem Wirtschaftszweig zu Rentabilität, leiste meinen persönlichen Beitrag zur Steigerung des landeseigenen Bruttosozialproduktes und somit zum Ansehen Deutschlands im Ausland und sichere die Arbeitsplätze, die ich selbst gerne hätte, aber niemals erhalten werde. Was will ich mehr?

Seine Stöße bereiteten mir keine Schmerzen. Ich bin nicht fremdenfeindlich.

Dann trat der andere türkische Mitbürger ein, der das schwarze Oberhemd trug.

Ich freue mich über jede Form des Kontakts. Es hat keinen Sinn, sich gegen die Außenwelt aufzulehnen, von der man dann doch nur abgelehnt und auf eine Innenwelt zurückgeworfen wird, in der man sich nur mit einem Mann auskennt. Dennoch will man einen Mitmenschen nicht in sich hineinlassen, weil die Gefahr besteht, daß er einen aus sich selbst hinauswirft, wenn er sieht, was man innen alles in sich hat.

Ich will mich nicht beschweren. Die Stöße waren erträglich, aber der Aufprall meines Kopfes auf die WC-Keramik machte mir schwer zu schaffen. Wie ich später mit Blick in einen Spiegel feststellte, trug ich blau anlaufende Flecken auf der Stirn davon. Ich lernte im weiteren aber bereitwillig, sie wie eine Auszeichnung oder ein Rangabzeichen zu tragen, denn schließlich waren sie ein Resultat der Leidenschaft, die niemals schlecht ist und anderen Menschen, die ihr Leben nicht ausleben, immer verwehrt bleiben wird.

Noch nie hatte ich in einer derart verunreinigten Umgebung Geschlechtsverkehr ausgeübt. Ich befürchtete, der Dreck um mich herum könne auf mich abfärben.

Es kam mir deshalb mehr als gelegen, daß Pedro unter maßlosen, aber angemessenen Vorwürfen seinen Weg zu unserer kleinen Runde gefunden hatte. Er schleuderte mehrere Lagen von Wischtüchern sowie eine milde Scheuermilch ohne Phosphate bei einem Anteil anionischer Tenside von unter fünf Prozent in meine Richtung, was ich aufmerksam fand und dankbar registrierte. Ich fand es schön, daß er wieder mit mir redete und auf mich reagierte. Fast war es wie früher. Mein Kopf war zwischen Toilettenbrille und -deckel eingezwängt, aber pflichtbewußt und sichtbehindert begann ich dennoch augenblicklich, den Auswurf meines schwer umweltverträglichen Organismus zu entfernen. Ich bin immer in angenehmer Stimmung, wenn ich mich vor einer Aufgabe befinde, die mich auf mich selbst aufmerksam macht. Eine Selbstaufgabe.

Alle standen um mich herum.

Den einen schien das nicht zu stören.

Zum ersten Mal hörte ich die Stimme des anderen. Ich hatte sie mir anders vorgestellt.

Was hatte ich erwartet.

Ich stand im Mittelpunkt. Selbst mein Körper sah auf mich herab.

Von dem Schlafzimmerfenster meiner Wohnung aus hatte ich bis vor kurzem auf eine Baustelle gesehen. Die Sonne versank hinter Baggern und Lastkränen, und manchmal stand da ein Mann hinter einem Preßluftbohrer, den er beidhändig vor schulterbreit gespreizten Beinen hielt. Ich blieb regungslos und konnte beobachten, wie der Asphalt aufplatzte und brach, während der Bohrer bis zum Anschlag stahlhart in ihn eindrang.

Dann kam der andere.

Der abweisende Geruch, der aus der Toilettenschüssel zu meiner empfindlichen Nase vorgedrungen war, unterstützte meine latent vorhandene Übelkeit. Zum Glück hatte ich meinen Magen bereits entleert.

Jedenfalls glaubte ich das.

Ich wußte nicht, ob ich mich auf mich verlassen konnte. Immerhin hatte ich mich bereits falsch verhalten. Ich wußte zwar nicht ganz genau, was vorgefallen war, aber falls etwas vorgefallen war, hatte ich mich bestimmt falsch verhalten.

Ich fühlte das.

Von Pedro hatte ich Einlaß erhalten. Die türkischen Mitbürger hatten mir Zuneigung bezeigt. Und ich hatte mich übergeben.

Nun wurde zurecht eine Gegenleistung meiner Leistengegend verlangt.

Als ich aus dem Toiletteninneren auftauchte und mich umblickte, bemerkte ich, wie der türkische Mitbürger mit dem schwarzen Oberhemd zwanzig bis zweiundzwanzig blutgefüllte Zentimeter in einen Körper versenkte, der offensichtlich meiner war.

Irgendwie mußte die Verbindung zu mir verloren gegangen sein.

Ich wußte nicht, wie ich das finden sollte.

Glücklicherweise wurde ich auf den Rücken gedreht, so daß ich Gelegenheit hatte, Blickkontakt aufzunehmen. Die drei reichten sich Hände wie Staffelhölzer und schienen sich ausnehmend gut über das Ziel zu amüsieren, das sie vor Augen hatten. Ihre Gesichter spiegelten die erregende Anstrengung einer ihnen unerläßlichen Pflichtübung wider, der nie eine Kür folgen würde, und ihr schiedsrichterliches Stöhnen gab der Lust an Spitzenleistung akustischen Ausdruck, für die ich ohne weiteres bereit war, Höchstnoten zu verteilen. Sie sahen aus wie Olympiasieger. Sie lachten. Sie machten sich über etwas lustig. Sie schlugen mich nicht. Hieß das, daß ich mich nicht disqualifiziert hatte? Daß sie mir verziehen hatten?

Gastfreundlich gewährte ich Pedro den fünfzehnten Verkehr.

Abgesehen von seinem mediterranen Teint und seinem Kleidergeschmack, den ich schon erwähnte, erinnerte er mich vom äußeren Erscheinungsbild her auf das angenehmste an meinen Vater, der er auch altersmäßig hätte sein können. Die Ähnlichkeit war fatal. Ich hatte mich ihm von Anfang an freiwillig verpflichtet gefühlt.

Ich fühlte nichts, aber ich fühlte mich gut. Ich bestand ganz einfach darauf, mich gut zu fühlen.

Ich wollte nicht unhöflich sein. Ich fand gute Umgangsformen unerläßlich, weshalb ich unter virtuoser Beimengung anfeuernder Appelle, die sich andere ausgedacht und allgemein verordnet hatten, Lustlaute von mir gab. Eigentlich aber spürte ich überhaupt nichts.

Es gibt Schlimmeres, als nichts zu spüren.

Ich halte die Schmerzen nicht aus, wenn ich bei mir bin.

Ich verlasse mich gerne auf andere und lasse mich allein.

Mein Körper mußte betäubt worden sein, wie es vor einem chirurgischen Eingriff üblich ist, der bei mir zum letzten Mal mit dreizehn Jahren vorgenommen wurde, als man mir einen Leberfleck am linken Oberarm entfernte. Die daraus resultierende Narbe ist zum Glück so gut verheilt, daß sie sich dem unvorbereiteten Auge nicht zu erkennen gibt.

Ich blickte vom Operationstisch hinab, hatte aber nicht die Kraft, ein blutstillendes Mittel zu verlangen.

Vielleicht wäre das auch unnötig gewesen. Vielleicht war der Blutstrom, der sich aus meinem Darmausgang ergoß, nicht beängstigend. Er sah aber beängstigend aus.

Ich fühlte wie eine Frau. Ich hoffte, daß mit dem Blut alles Schlechte aus mir hinausfließen würde.

Pedro störte mein Ausfluß überhaupt nicht. Im Gegenteil stimulierte er ihn, wie ich seinem rhythmisch herausgestoßenen Loblied auf meine Hüften und Brüste entnehmen konnte. Aus seinen finalen Stößen, auf die er angestrengt hingearbeitet hatte, schloß ich, daß er sich offenbar mit absoluter Entschiedenheit in mir entlud.

Er hätte mich verachten können, aber ich machte ihm nichts aus. Ich spürte, wie Dankbarkeit unkontrolliert in mir aufstieg. Mir wurde wieder übel.

Ich erbrach mich auf meinen Bauch. Diesmal war es ein beißend riechender, zähflüssiger Brei, der, wie ich vermutete, zu großen Teilen mit Magenfermenten durchsetzt war.

Ich hatte kein Gefühl einer Befreiung. Ich fühlte mich von mir selbst übervölkert. Wer hatte mich zum Einwanderungsland erklärt?

Und warum kam niemand?

Am liebsten hätte ich mich in Brand gesetzt, um all die inneren Fremdkörper zu zerstören, die diesen Gestank in mir verursachten, den ich nicht verstand. Mein Körper war mein Heim, in dem ich es behaglich haben wollte. Ich wollte meine Vorhänge geöffneten Auges zuziehen können und bestand darauf, immer wieder bei mir anzukommen, egal wohin ich mich wendete auf meiner Reise durch eine gesellschaftliche Gemeinschaft. Ich wollte nichts mehr absondern, was dann von meinen Mitmenschen zu Recht aussortiert werden müßte. Im Gegenteil: Ich wollte Einheitlichkeit. Dann erst würde ich mich gut fühlen und für gut befunden werden. Ich wollte gut sein. Im Moment war mir schlecht. Ich war schlecht. Schuldig.

Pedro hatte sich von mir abgewendet.

Gerade wollte ich zu einer Entschuldigung ansetzen, als ich sah, wie alle drei zum Ausgang strebten. Pedro hatte als Wirt auszuführende Pflichten vor sich, die er offenbar umgehend erledigen und nicht vernachlässigen wollte. Zum Beispiel hatte er sich um die letzten Gäste zu kümmern, die sich doch unter Umständen noch im Tresenraum befanden, um dort der Dinge zu harren, die nie kamen. So vermutete ich zumindest.

Strenggenommen war alles meine Schuld.

Hoffentlich hatte niemand Geld aus der Kasse gestohlen, die er wegen mir unbeaufsichtigt zurückgelassen hatte.

Es wäre nicht nötig gewesen, mich darauf aufmerksam zu machen, daß ich sauberzumachen hätte. Ich fand das selbstverständlich. Sollte ich etwa einen schlampigen Eindruck hinterlassen haben? Entsetzlich.

Ich freute mich, als ich bei genauerem Hinsehen sah, daß neben den diversen Wischtüchern von, wie ich bereits festgestellt hatte, hoher Saugfähigkeit auch ein Qualitätsschrubber und die preisgünstige milde Scheuermilch, die natürlich phosphatfrei war und deren Anteil anionischer Tenside unter fünf Prozent lag, zu meiner Verfügung standen. Ich hatte sie immer schon einmal ausprobieren wollen. Pedro hatte wirklich an alles gedacht. Er hatte an mich gedacht.

Ich wollte sofort anfangen, die Summe seiner Anordnungen in Qualitätsergebnisse umzusetzen, aber irgendwie konnte ich es nicht. Etwas, was ich nicht fassen konnte, sprach dagegen. Was sollte das nun wieder bedeuten an diesem Tag, von dem ich mich in jeder Hinsicht überfordert fühlte? Alles hatte seinen Abschluß in einer allgemeinen Befriedigung gefunden, aber ich weinte, weil ich mich einsam fühlte.

Andere Menschen haben nicht einmal Eltern.

Ich habe eine Mutter.

Ich habe einen Vater, den ich nicht mehr sah, seit er zu seinem Kuraufenthalt aufgebrochen war.

Ich nahm mir vor, mich anzuziehen.

Dann kam der Mann in der geschmackvoll gewirkten roten Hose auf mich zu.

Ich brach zusammen.

III

»Afterjucken, das Gefühl, hinten nicht gänzlich sauber zu sein, das quält.«

Ich war entschieden seiner Meinung. Mit ihm konnte man reden. Er war ein Mann, der es so sagte, wie es ist. Die meisten Menschen tauschen nur Oberflächlichkeiten aus, aber er legte Wert auf Inhalte, mit denen sich etwas ausdrücken ließ.

Wie ich.

Ich wischte derweil den Boden. Die mir zur Verfügung stehenden Waffeltücher, die ich bis vorhin Wischtücher genannt habe, saugten das Erbrochene gut auf, das ich, den nassen Webstoff unter fließendes Wasser haltend, im Waschbecken zwischenlagerte. Zum Schluß entsorgte ich alles ins Toiletteninnere, nicht ohne zuvor die hühnereiergroßen Stücke einer genaueren Untersuchung unterzogen zu haben. Sie ließen sich ohne weiteres als wenig zerkaute Fischleiber, die mich insgesamt 3,28 DM gekostet hatten, identifizieren. Sie waren, wenn auch aufgrund des Kauprozesses in Segmente zerlegt, immer noch als ein zusammengehöriger Körper zu erkennen.

Exakt so fühlte ich mich.

Trotz der Magenentleerung hatte meine Übelkeit eher zugenommen, nicht zu vergessen die Darmblutung, die zwar vermindert, aber nicht verebbt war. Wie ich feststellen konnte, war das zusammengerollte Toilettenpapier, das ich mir wie einen Tampon in den Anus eingeführt hatte, immer noch sanft gerötet. Nur aus Not und Improvisationslust und unter Berücksichtigung des eingeschränkten Angebots hatte ich zu diesem lediglich zweilagigen, geprägten, unter Zusatz von Bleich- und

Farbmitteln hergestellten Tissue-Papier gegriffen: ein Produkt minderer Qualität, das in meinen Haushalt keinen Einlaß finden würde.

Ich fand es vernünftig, daß Pedro aus Gründen der Sparsamkeit auf ein zweilagiges Papier zurückgegriffen hatte, aber ich ganz persönlich erwarte von einem guten Toilettenpapier hohe Saugfähigkeit, Reißfestigkeit sowie ansprechende Farbgebung. Natürlich bei gleichzeitiger Umweltverträglichkeit. Das ist meine Meinung, und dazu stehe ich.

Ein Mann muß eine Meinung haben.

Darüber waren der Mann in der geschmackvoll gewirkten roten Hose und ich ins Gespräch gekommen. Ich erfuhr, daß Toilettenpapier erst 1870 in den USA patentiert worden war. Bis dahin hatten die Menschen Zeitungen benutzt. Ich lese nicht einmal Zeitung.

Ich lebe.

Meine aufgeschlagenen Augen sahen in eine Welt hinaus, die immer noch anwesend war. Ich fand, daß sie wie ein Wachhund um mich herum streifte. Ich wußte nicht, ob sie mich schützte oder angriff. Ich fühlte mich verloren.

Ich habe Angst vor Veränderung, aber manchmal auch vor Anwesenheit. Gleichzeitig habe ich immer das Gefühl, es nicht bis zum Ausgang zu schaffen und erteile mir Ausgangsverbot.

Ich bleibe bei mir in meinen vier Wänden, die auf einem Fundament gebaut sind, das mich auf sich nimmt.

Dann stellte ich fest, daß ich nackt war. Er hatte die Zeit meiner Abwesenheit nicht sinnlos verstreichen lassen, sondern sie dazu genutzt, meine feuchten, verschmutzten Sachen zum Trocknen auszubreiten. Ich sah den Mann an, ausgezogen wie ich war, und fand seine Vorgehensweise sehr vernünftig und auch verantwortungsvoll, da ich mir sonst vermutlich eine Erkältung zugezogen hätte, was absolut entgegen meinen Absichten gewesen wäre. Um jeden erschwinglichen Preis wollte ich eine Schwächung meiner Abwehrkräfte durch angriffslustige Außenwelteinflüsse vermeiden.

Er trug ein offenes rotes Sommerhemd mit kurzem Arm und eine im identischen Ton gehaltene Sporthose aus leichtem Leinenstoff, eine modische und dennoch hervorragend verarbeitete Textilie, die ich in meiner Zeit als Einzelhandelskaufmann in einem traditionsreichen Herrenbekleidungsgeschäft mit Niveau meinen männlichen Kunden stets auf einnehmende Weise empfohlen hatte, da sie waschecht, pflegeleicht, strapazierfähig und dabei verblüffend preisgünstig war. Ein Jahr lang hatte ich nicht mehr an sie gedacht, die Textilie. Und nun sah ich sie wieder, gezogen über männliches Fleisch.

Das konnte kein Zufall sein. Das war vielleicht Schicksal.

Und nur eine von vielen Gemeinsamkeiten.

Ich hatte die mich umgebende Verunreinigung allein verursacht, und deshalb hätte ich die Hilfe, die er mir nicht anbot, aus Gründen der Pietät abgelehnt. Während ich zur milden Scheuermilch ohne Phosphate griff, deren Anteil an anionischen Tensiden unter fünf Prozent lag, hatte ich das Gefühl, daß nicht nur die sanitären Anlagen hygienisch rein werden würden. Ich schämte mich nicht mehr für mein Adamskostüm. Vielmehr bewegte ich mich im putzstreifenfreien Zustand paradiesischer Unschuld.

Er sagte mir, wie schön ich aussähe.

Ich entfernte den Toilettenpapierwickel aus meinem After, der immer noch eine Rotkoloration aufwies. Er hatte bereits einen Ersatz gerollt, den er mir fingerfertig einführte.

Der erste Liebesdienst.

Er erregte sich.

Er sagte, er verstehe nicht, weshalb in der heutigen Zeit feuchtes Toilettenpapier in Plastikboxen hergestellt und gekauft werde. Diese Papiere enthielten gesundheitsschädliche halogenorganische Verbindungen aus Konservierungsmitteln sowie bedenkliche Polyethylenglykole, die am Enddarm zu Kontaktekzemen führen würden.

Ich verstand ihn so gut. Ich war ganz seiner Meinung. Wozu drum herum reden. Jemand mußte es doch einmal aussprechen. Auf gut deutsch.

Feuchtes Toilettenpapier. Ein Thema, über das es für mich keine zwei Meinungen geben konnte.

Hier handle es sich doch wieder einmal um eine Produktgruppe, die sich selbst einen Markt schaffe, sagte ich, während ich befriedigt auf die bakterienfreie Sauberkeit der Toilettenkabine blickte, die ich von mir selbst gereinigt hatte.

Ich fühlte mich frei.

Ich stand auf, ohne auch nur einmal den Blick von ihm abzuwenden. Wir diskutierten, warum kein Hersteller feuchten Toilettenpapiers umweltfreundliches Altpapier verwende und alle Zellstofftücher obendrein gebleicht und parfümiert seien. Ich erfuhr, daß ihm eine Drogerie gehöre, welches Futter seine Hunde bevorzugten, daß Fleisch Gehirnnahrung sei und daß seine kleine Tochter ebenso wie seine Frau, von der er gerade geschieden worden sei, mit Liposomen angereicherte Hautcremes benutzten, um vorzeitiger Faltenbildung vorzubeugen.

Er versprach mir, mich einmal zu sich einzuladen, um über Hautcremes zu diskutieren.

Noch nie hatte ich soviel über jemand erfahren.

Ausgenommen vielleicht meinen Vater, den ich nicht mehr sah, seit er zu seinem Kuraufenthalt aufgebrochen war.

Ich nahm mir vor, mich auf das Gespräch vorzubereiten. Ich wollte nicht als ungebildet gelten und plante insgeheim, sämtliche Hersteller von in Deutschland erhältlichen Hautcremes auswendig zu lernen. Ich würde sie im wohltuenden Schlaf, den ich nur selten habe, aufsagen können.

Wir schwiegen, aber ich spürte auf berührende Weise, wie wir immer übereinstimmten.

Meine rote Steghose und mein schwarzes Seidenhemd, auf das ich in meiner Ausbildungszeit zwanzig Prozent Rabatt erhalten hatte und das zum ersten Mal nicht topgepflegt aussah, waren immer noch feucht, aber das Erbrochene begann unter der Einwirkung meiner Hände abzubröckeln.

Das Stehen strengte mich an.

Die Blutungen schienen wieder zugenommen zu haben. Ich schloß dies aus dem warmen Strom, der sich entlang meiner Innenschenkel zielstrebig einen abschüssigen Weg bahnte. Im Gegensatz zu ihm, der meine Beine augenblicklich unter Zuhilfenahme des zweilagigen Tissue-Toilettenpapiers von minderer Qualität zu reinigen begann, war ich peinlich berührt, als ich bemerken mußte, daß es sich bei meinem Ausfluß nicht um Blut, sondern um Stuhl handelte. Um Diarrhöe. Eine Folgeerscheinung des Analverkehrs, der in mir ausgeführt worden war.

Ihn schien das nicht zu stören. Im Gegenteil interessierte er sich immer mehr für mich. Das Erregende an mir sei meine Hilfsbedürftigkeit, die sich wie eine körperliche Behinderung vor ihm abbilde, gestand er mir unter ansteigendem Stöhnen und gleichzeitigem Reiben auf meinen Schenkeln. Meine Gebrechen machten mich für ihn zum passenden Partner. Den perfekten Partner habe er zwar gerne vor Augen, am liebsten aber auf Papier, so daß er ihn umblättern könne. In das Leben des Behinderten, des Unvollständigen könne er sich erregt hineinbegeben. Dem Behinderten fehle das, was er selbst, so sagte er, abzugeben habe. Und ihm ginge es gut dabei, denn er habe sogar zuviel von sich.

Mit einem schüchternen Augenaufschlag nahm ich ihm das stuhlgetränkte Papier aus der Hand. Endlich wußte ich, was ich war. Ich war glücklich, behindert zu sein. Wenn es seinem Wunsch entsprach, würde mein Rollstuhl für ihn in eine immer richtige Richtung rollen. Ich wäre endlich frei von Verantwortung und nur ihm verpflichtet.

Er wisse um seinen angemessenen Preis, sagte er schwer atmend. Er wisse, was er wert sei, auch wenn alle behaupteten, wir befänden uns im Inneren einer Wertekrise. Er glaube bedingungslos an sich, verstehe aber nicht, warum Frauen das nicht täten, die leider keine Rippe mehr brauchten, aus der heraus sie geformt würden. Lebenspartner würden nicht mehr lehmgeformt. Die heutigen Frauen, die das männliche Geschlecht häßlich fänden, auf das sie nach dem neuesten Stand der Wissenschaft auch nicht mehr neidisch wären, seien nicht mehr zur Aufnahmefähigkeit bereit. Angst ersetze in der Zwischenzeit beim Mann Erregung. Er habe ein Ehrenzeichen zwischen den Beinen, für das niemand mehr den Preis zahlen wolle, der auch ihm selbst mittlerweile viel zu hoch sei.

Erneut sagte er, ich sei erregend.

Er habe das Gefühl, es sei Liebe und wie gerne er eine Spritztour mit mir unternehmen und mir zeigen würde, wohinaus es partnerschaftlich gehen könne. Seine geschlechtsspezifische Sicht auf die Welt verfüge über einen großen Innenraum, der auch mir Beinfreiheit gewähre.

Sein Atem ging stoßweise; ich hielt meinen an. Sollte ich auf seinem Beifahrersitz Platz nehmen, während er das Steuer in Händen hielt?

Ich wendete mich um und sah ihn an, den Mann, der mir gerade einen Antrag gemacht hatte.

Er kniete vor mir in einer Pfütze aus Stoffwechselendprodukten, die seitlich in Stuhlwasser auslief, und sah mich mit farb- und wimpernlosen Augen an, die in einem flächigen, verquollenen Gesicht versanken, das aussah, als würde er niemals erwachen. Sein rotblondes, dünnes Haar, das auch auf der Brust vereinzelt sproß, klebte feucht im Nacken, der eigentlich nicht vorhanden war. Der Kopf schien übergangslos in den Körper zu münden, der mit einer rosigen, wundgescheuerten Haut mit Tendenz zu Neurodermitis überzogen war.

Ich sah genauer hin.

Die aus dem lippenlosen Mund laufenden Speichelfäden rissen ab und landeten auf seinem Bauch, hinter dem der Mann wie in einem Versteck verborgen war. Diese Fleischmassen hätten sein Geschlecht vollständig verdeckt, wenn nicht seine linke Hand sie mit kurzen Fingern ergriffen, gerafft und gehoben hätte, um der masturbierenden rechten Bewegungsfreiheit zu gewähren.

Ich sah genauer hin, aber ich mußte nicht genauer hinsehen.

Ich wußte: das ist der Mann fürs Leben.

Unterhalb eines ebenfalls rotblonden Schamhaarschopfes erblickte ich seinen Penis, dessen schlaffe Schwellkörper er mit zwei Fingern geschäftig in verschiedene Richtungen bemühte, wobei in Säcke gehüllte Hoden von ungeheuren Ausmaßen vor- und zurückschwangen. Sein Glied war klein und verschrumpelt wie Fallobst, versteifte sich aber, als ich seine birnenförmigen Brüste zu schütteln begann. Ich starrte geöffneten Mundes auf die überschüssige, kraus auslaufende Vorhaut wie in ein Karpfenmaul.

Als Kind habe ich oft Karpfen zu mir genommen, die bekanntlich bis zu einem Meter lang und dreißig

Kilo schwer werden können. Man nennt den Karpfen das Schwein unter den Fischen, weil er nichts verwirft, was ihm vor das Maul kommt. Nach drei Jahren haben die jungen Karpfen ein Gewicht von zwei bis drei Kilo und damit eine ideale Größe für die mundgerechte Zubereitung im Kochtopf erreicht. Das feinste Fleisch aber sollen die unfruchtbaren Karpfen haben, sagt man.

Kastration finde ich unmenschlich. Ein Mann ist kein Mensch mehr, wenn er kein Mann mehr ist.

Karpfenmilch, das Sperma des männlichen Karpfens, gilt als ganz besondere Delikatesse, sei sie auf ungarische, Villeroi- oder Kardinalsart serviert.

Die Zubereitungsart ist mir gleichgültig, solange alles mit Liebe angefertigt wird, die durch den Magen geht. Meinen hatte ich entleert, aber ich spürte das Bedürfnis, ihn mit Gefühlen eines anderen wieder aufzufüllen. Ich hatte Flüssigkeit in unvernünftigen Mengen verloren. Ich war ausgelaufen. Alles war mir zuviel gewesen, aber auf einmal hatte ich neue Antriebskraft vor Augen. Ich bekam Appetit. Ich fühlte mich mir gegenüber verpflichtet, wieder etwas zu mir zu nehmen, damit ich nicht mit leerem Tank auf halber Strecke stehenbleiben würde. Ich führte den Zapfhahn ein. Er gab Lebenssaft ab, und ich funktionierte wieder wie geschmiert, als er in mir runterging wie Öl.

Ich finde, es wird gegessen, was in den Mund gelangt, damit es nicht auf den Tisch kommt.

Manchmal habe ich Angst, daß mir sonst ein Marsch geblasen wird, den ich nicht in den Mund nehmen möchte.

Es war Freitag. Und Freitag ist Fischtag.

Ich entfernte die Pfütze.

Ich stieß nach ihm auf.

Ich küßte ihn.

Ich zog uns an.

Dann gingen wir gemeinsam.

IV

Entsetzlicherweise hatte ich das Wechselgeld falsch herausgegeben, weil ich nicht anwesend, sondern in Gedanken gewesen war. Diese bewegten sich zwischen den verschiedenen in den oberen Regalen befindlichen Hundefutterfabriken, die ich auswendig gelernt und bereits seit einiger Zeit für mich selbst aufgezählt hatte. Es gab Futtersorten, die mir aus Funk und Fernsehen bekannt vorkamen, und andere, die man dennoch kaufen konnte. Ich würde es auswendig und im Schlaf aufsagen können, dieses in Metall eingeschweißte Fleisch leicht entnehmbarer Körper in Einzelteilen, die durch nichts mehr an sich selbst gemahnen. Auf diese Weise öffne ich eine Dose ganz leicht, ohne das schlechte Gefühl, Schlächter zu sein.

Ich kenne auch alle Whiskas-Geschmacksrichtungen. Nur über Fischfutter weiß ich bis heute nicht genug.

Vielleicht würde Jürgen, dessen Namen ich bislang noch nicht genannt habe, mich heute danach fragen. Ich frage nie nach etwas, weil ich nach nichts suche. Ich finde, daß ich nicht an Antworten interessiert bin. Sie werfen nur wieder Fragen auf, die zu stellen ich mir verbiete. Jürgen ist da anders. Er kennt alle Antworten. Er fragt, um andere abzufragen.

Vater fehlt mir.

Seit drei Monaten waren wir nun eine Lebensgemeinschaft. Wir liebten uns und lebten in seiner geschmackvoll eingerichteten Wohnung zusammen, die über die Hintertür der Drogerie erreichbar ist und auf die ich später noch genauer zu sprechen kommen werde. Es gibt nichts Angenehmeres als Nähe, vor allem zu einem anderen, während ich zu mir selbst gerne auf Abstand gehe, da ich mich dort im Auge behalten kann.

Es ist nicht viel, was ich da sehe.

Dabei geht es um alles, und das verkörpert ein anderer.

Und mein anderer, das war der Mann an meiner Seite, den ich in gleichbleibender Reichweite wissen wollte, damit ich mich immer vollständig fühlte und nicht wie früher, als ich mich nicht vollständig gefühlt hatte. Ich erinnere mich nicht an früher, aber ich bin sicher, daß es so gewesen ist. Mit Jürgen hingegen befand ich mich schlagartig in ununterbrochener Bereitschaftshaltung, aus der heraus ich aufrecht bergauf lief und auf abseitige andere herabsehen konnte. Mein Gefühlsleben kam vorwärts.

Zwei Männer zusammen ergänzen sich zu einem Menschen.

Früher befand ich mich immer außerhalb von allem. Ich wußte, daß es für niemanden einen privaten Sonnenaufgang gibt, sondern daß es sich hierbei um ein öffentlich-rechtliches Ereignis handelt, das ich mit anderen teilen muß, aber warum gingen die Himmelskörper, die ich sah, ununterbrochen unter? Ich hatte den Eindruck, vor meinen Augen sei tagelang Nacht, vor der ich immer schon Angst gehabt hatte, weil ich in ihr das Leben nicht sehen konnte, das zu leben wert gewesen wäre. Ich konnte akzeptieren, nicht am Leben teilzunehmen. Aber ich wollte es wenigstens sehen, um nicht im Dunkeln irgendwo anzustoßen.

Ich wollte um keinen noch so angemessenen Preis Anstoß erregen.

Meine Mutter hätte mir beim fingerfertigen Betätigen der Fernsehfernbedienung entgegnet, mein Leben sei grenzenloser Überfluß im Gegensatz zu dem der ausgebeuteten Opfermenschen in der sogenannten Dritten Welt, die nicht wüßten, wie es sei, wenn es einem gutgehe, während ich gar nicht wüßte, wie gut es mir gehe, weil es mir gutgehe. Natürlich hat sie damit vollkommen recht. Mir ist es auf meinem Lebensumweg, von dem ich stets vorhatte, ihn hinter mir zu lassen, immer gutgegangen. Aber jetzt war ich plötzlich glücklich.

Gut war nicht mehr gut genug.

Ich griff nach den Sternen, für die ich mich nie interessiert hatte.

Mit Himmelskörpern wollte ich nichts zu tun haben, es sei denn in kontrollierbarer Form. Als glücksverheißendes Horoskop in meiner Lieblingsillustrierten, die im Fall von Mißfallen meinerseits von mir zugeschlagen wurde. Planeten lösten Angst in mir aus, und ununterbrochen wurden andere entdeckt, die offenbar schon immer ungünstige Einflüsse auf mich ausgeübt hatten, obwohl sie vorher überhaupt nicht dagewesen waren. Mir wäre es auch ohne Pluto nicht gutgegangen, der erst in den dreißiger Jahren anerkannt wurde. Wozu brauche ich so etwas überhaupt, etwas das nicht aufbautauglich ist?

Ich bin gegen den Weltuntergang.

Ich habe auch nicht damit angefangen.

Ich bin unschuldig und empfinde Schuldgefühle.

Eigentlich sind Schuld und Unschuld nicht voneinander zu unterscheiden.

Mir ist das gleich.

Ich wurde von Jürgen geliebt.

Vater fehlt mir.

Wir verbrachten Sommertage und Sommernächte zusammen, die sonnenhell und sternenvoll waren, obwohl ich mich nicht richtig daran erinnere.

Vielleicht war sogar Winter.

Hinterher ist immer Winter. Deshalb darf kein Sommer sorglos sein.

Ich war Jürgen nur dann fern, wenn ich in seiner gut gehenden Drogerie arbeitete, was ich von acht Uhr morgens bis achtzehn Uhr dreißig abends tat, ausgenommen am Sonnabend, an dem sich Geschäftstüren stadtweit um dreizehn Uhr schlossen, und am langen Donnerstag, der mich nicht vor zwanzig Uhr dreißig entließ.

Arbeit kann auch Spaß machen. Vor allem macht sie frei von Langeweile. Ich wäre gegen die Einstellung einer weiteren Arbeitskraft gewesen, wenn Jürgen dies vorgeschlagen hätte, was er nicht tat. Ich war ihm dafür sehr dankbar. Ich konnte alles allein schaffen. Ich war nun anders als alle anderen, die arbeitslos waren, obwohl sie etwas finden würden, wenn sie sich auf die Suche nach dem Glück machten, das auf der Straße liegt, auf der ich nie wieder zu finden sein würde.

Der Mensch braucht einfach immer eine Beschäftigung.

Jürgen hingegen: bewegungslos. Er litt seit drei Monaten an einem leichten, aber unberechenbaren Schwächegefühl, das ihn daran hinderte, mir eine hilfreiche Hand zu übereignen. Ich unterstützte seinen Rückzug auf die unter Schonbezügen befindliche Wohnzimmercouch, die er zu günstigen Konditionen erworben hatte. Ich stand ohnehin schon angenehm tief in seiner Schuld, aus der heraus ich mich hocharbeiten wollte, um nicht den Überblick über mich zu verlieren und das Preis-Leistungs-Verhältnis unserer Lebensgemeinschaft zurechtzurücken. Ich würde ihm über meine Arbeitskraft beweisen, daß sein emotionales Engagement von ihm nicht umsonst veräußert worden war. Ich würde alles versuchen, um als gewinnbringende Anlage vor ihm standzuhalten. Er sollte nicht umsonst Gefühle in mich investiert haben.

Ich hatte nicht ganz verstanden, warum ich meine alte Junggesellenwohnung, in die ich seit drei Monaten nicht mehr eingetreten war, um mich darin aufzuhalten, nicht aufgeben durfte wie mich selbst. Mir wäre dies als finanziell günstige Entscheidung erschienen, um nicht zu sagen: eine kluge Sparmaßnahme, doch mein Lebenspartner Jürgen, der seit drei Monaten unter einem leichten, aber unberechenbaren Schwächegefühl litt, hatte es mir mit wenigen, aber ausgewählten Worten schlichtweg verboten. Deshalb hatte ich mir mit wenigen, aber ausgewählten Worten schlichtweg verboten, etwas dagegen zu haben. Ich hatte gar nichts dagegen.

Früher hatte ich nie eine Meinung.

Jetzt hatten wir immer eine gemeinsame.

Seine, die meine war.

Es gibt ein Oben, und es gibt ein Unten. Ich dachte immer, Oben sei für andere, aber das stimmt überhaupt nicht. Ich war nämlich aufgestiegen und konnte es mir jetzt erlauben, auf andere herabzusehen, die Verlierer und unter mir waren. Es existieren Sieger und Verlierer, und wie nie zuvor begann ich plötzlich Siegerqualitäten in mir zu spüren, die nicht erst blankpoliert werden mußten, um mich unter ihnen glänzen zu lassen. Das Leben schien ein großes Preisausschreiben, und vielleicht war ich selbst das Lösungswort, das mir den Hauptgewinn ins Haus brachte.

Ich würde gewiß Glück haben. Ich würde gewiß einen Hauptgewinn in Gestalt von Geld haben. Ich begann zu überlegen, wofür ich es ausgeben könnte.

Ich würde das Leben auswendig lernen.

Lernwillig bin ich. Mein früheres Leben hatte sich innerhalb seiner Beschränkungen vollzogen, aber nun war es zwangsläufig, mir Auslauf zu erteilen und nicht mehr Ausschau nach Altem zu halten, das verbraucht aussah und nichts wert war. Ich wollte das Laufgitter meines Lebens aufgeben. Daraus resultierte zum Beispiel mein neu erworbener, angstfreier Umgang mit

Hunden, die Jürgens Hunde waren und denen ich täglich mehrmals Leinen umlegte, um ihnen ein angemessenes Freiheitsgefühl zu ermöglichen. Rüden verkörperten unbekannte Welten für mich, aber ich versuchte, mich nicht vor ihnen zu fürchten. Ich wollte Teil einer familiären Gemeinschaft sein, die mir Einlaß gewährt, weil ich mich in ihr wohl fühle und nie wieder wegwill.

Wohin auch.

Vater war nicht da.

Tierflohmittel, Damenbinden mit und ohne Flügel, Insektenschutzmittel, Kindershampoos, Nagellackentferner, Kondome und unzählige andere Artikel hatten nie Eingang in mein Arbeitsfeld oder Privatleben erhalten: Auf einmal aber erlaubte man mir, sie zu verkaufen. Es ging nicht um das Geld, das ich nicht immer bekam. Es ging um die Verantwortung, die mir in vertrauensvoller Weise auferlegt worden war. Ich begann augenblicklich, sämtliche in der Drogerie erhältlichen Abführtees durchzugehen und laut aufzusagen.

Bei einem Wiedersehen mit Vater, der noch immer einen Kuraufenthalt ausübte, würde ich viel zu erzählen haben.

Hier bei mir war das Leben noch nicht über das Verfallsdatum hinaus, das auf seiner Verpackung angegeben war. Ich konnte es schadlos genießen und selbst trotz genauester Untersuchung keinen Schimmelpilz entdecken, den ich nicht zu mir nehmen darf, wenn ich mich von den Krebserkrankungen der anderen abgrenzen will, die ein Leben als Randablagerung führen, bis sie vom glasklaren Wesen der Gesellschaftswelt weggespült werden.

Endlich konnte ich mich genießen, in dem neuen Zustand, in dem ich mich befand.

Es bestand allerdings die nicht zu unterschätzende Gefahr, daß mein früheres Leben seine Hand auf meine

Schulter legte. Fremde von früher lebten hier in der Nähe, die ich zu ihnen nicht wünschte, weil sie ein Niemand und nicht Jürgen waren und niemals sein konnten. Wahrscheinlich würden sie nicht einmal Jürgen sein wollen. Ihnen war alles zuzutrauen.

Sollte in diesem Moment einer von ihnen von mir gesehen werden, würde ich mich umgehend hinter verschiedenen Mundwässern verstecken, die ich gerade preislich auszeichnete und auswendig lernte.

Mundwässer versprechen frischen, lebensbejahenden Atem, sie sollen Entzündungen bekämpfen und Karies hemmen, bringen aber nicht selten wegen der ihnen beigemengten Polyethylenglykole oder deren Derivaten die Mundflora durcheinander. Ich hätte so ein Produkt keinem Kunden reinen Gewissens empfehlen können, verkaufte es aber selbstredend dennoch wortlos, da ich mich für das unwerte Leben der in den Laden tretenden Menschenwesen nicht interessierte. Ich fühlte mich nicht verantwortlich für sie. Nach mir die Sintflut, sozusagen ist es, was ich sage.

Manchmal frage ich mich. Ich frage mich.

Nein. Ich frage mich nicht.

Ich bin nicht lebensmüde.

Vor den Hunden hatte ich Angst. Jürgen, den ich liebte, liebte sie, und deshalb war es nur eine natürliche Verpflichtung für mich, das Identische zu empfinden. Es wollte mir aber nicht ohne weiteres gelingen, obwohl ich dazu bereit gewesen wäre.

Ich fühlte das Verlangen nach vollständiger Übereinstimmung, wie ich sie mit Vater, als er da und nicht zur Kur gewesen war, immer gehabt hatte.

Was Liebe tut, ist immer gut. Was mir gefiel, war der Respekt, den die ungepflegte oder arbeitslose Menschheit mir bezeigte, wenn ich von zwei kalbgroßen Tieren die angebotsbestückte Einkaufsstraße entlanggezogen wurde. Ich blickte tierfreundlich zu ihnen auf, glaube aber, daß sie mich nie beachteten, während sie ihre Schatten auf mich schlugen oder sirenenstarkes Heulen aus den fleischgefüllten Tiefen ihrer überlebensgroßen Mägen aufsteigen ließen. Ich wagte nicht, sie anzufassen. Ich wollte es nicht einmal, obwohl ich mit Sicherheit sagen kann, daß es aus Jürgens Sicht meine freudvolle Pflicht gewesen wäre.

Ich konnte die Hunde nicht auseinanderhalten: Heinrich nannte ich Hermann und Hermann Heinrich, was mir vor allem dem mit einem leichten, aber unberechenbaren Schwächegefühl belasteten Jürgen gegenüber peinlich war, der in jedem Hund, den er hatte, ein sensibles Individuum sah, das ihn im Gegensatz zum Menschen, den er als wildes Tier bezeichnete, noch nie enttäuscht oder unbefriedigt gelassen hatte.

Ich hatte die Namen, die sie hatten, auf die sie aber nicht hörten, wenn ich sie rief, wie alles andere auswendig gelernt, aber ich wußte sie nicht anzuwenden.

Wenn Heinrich oder Hermann und Hermann oder Heinrich sich überhaupt nicht führen ließen, blieb mir nichts anderes übrig, als füg- und folgsam zu sein. Manchmal machten sie sich los und kamen ohne mich bei Jürgen an, der mich dann zu Recht zurechtwies und damit bei mir auslöste, daß ich vor Schuldgefühlen, in denen ich mich befand, nicht schlafen konnte und an die Planeten dachte, die vorwurfsvoll über mir schwebten, um mein Leben zu der Hölle zu machen, die es gewesen war, bevor ich mit Jürgen furchtbar glücklich wurde.

Manchmal besprangen die sensiblen Individuen, die Jürgen noch nicht enttäuscht oder unbefriedigt gelassen hatten, unter wasserfallartiger Speichelproduktion andere Tiere, die dann in der Regel an einem Wirbelsäulenbruch unter ihnen zugrunde gingen oder unter den pelzigen Körpermassen erstickten, die gerade stoßweise Sperma in ihnen absonderten.

Ich identifizierte mich mit diesen Opfertieren, die ihren Sinn in einem Abgesang an ein Leben fanden, das musikalischer war als sie.

Manchmal urinierten Heinrich oder Hermann und Hermann oder Heinrich genau vor meinen Füßen, bespritzten mein blankgeputztes Schuhwerk und hinterließen großflächige Überschwemmungen, während ihr erleichtertes Gemächt sich zufrieden wiegte. Ich hatte viel über den Geschlechtstrieb dieser Tiere nachgedacht, war aber zu keinem mitteilenswerten Ergebnis gekommen, außer daß ich die Gewißheit gewann, sie verachteten den Mann in mir, der nicht aus sich herauskam. Wenn sie mir beim Wasserlassen zusahen, schien es den Anschein zu haben, als bemitleideten sie mich für das Geschlecht, das ich aus meiner Hose herausgeholt hatte und das sich unter vier Wachhundsaugen ähnlich ängstlich umsah wie ich selbst.

Ich fühlte mich ihnen gegenüber wie ein Versager.

Sie haben mich nur deshalb niemals totgebissen, weil sie in mir keine Gefahr gesehen haben. Sie haben nicht einmal auf mich herabgesehen. Sie hatten es nicht auf mich abgesehen. Vermutlich haben sie mich überhaupt nie bemerkt.

Wenn ich nicht bemerkt werde, kann ich auch nicht ausgemerzt werden.

Ich komme in der Wahrnehmung anderer nicht vor und werde nicht von ihnen entsorgt.

Es ist gut, sich vor den Angriffen einer Außenwelt zu schützen, die etwas gegen einen hat. Sollte sie mit Mücken und anderen stechenden bzw. beißenden Insekten wie Schnaken, Bremsen oder Zecken besiedelt sein, empfiehlt sich die Anwendung eines Mückenschutzmittels. Jürgen hatte zwölf Präparate im Angebot, die ich sofort aufzuzählen begann und zum Glück korrekt im untersten Fach des zweiten Regals von links ortete.

Ich benutze derartige Produkte nicht. Nicht nur, weil chemische Mückenschutzmittel etliche Nebenwirkungen wie gefährliche Veränderungen der Leberzellen durch Dimethylphthalat oder Nervenschädigung durch Diethyltoluamid aufzuweisen haben, sondern weil ich es natürlich finde, von einem fremden Wesen gebissen oder gestochen zu werden.

Es ist genauso wie Geschlechtsverkehr.

Damals sah ich zum ersten Mal die Frau. Sie stand in aufrechter Haltung vor der Drogerie, den Kopf wie in Erwartung eines Schlages leicht nach vorne gebeugt. Ihr lippenloser Mund schnappte auf und zu wie ein Fisch auf der Suche nach Luft, wobei die trockene Haut ihres restlichen Gesichts unbeweglich blieb. Die frauliche Rede ging in eine für mich unsichtbare Richtung, dann aber sah ich ein zu ihrer Linken befindliches kleines Mädchen, das in einigem Abstand zu der Frau stand, die die Vokabeln ihres Fremdkörpers gewiß nicht auswendig aufsagen konnte. Ihr schien der Geschmack des eigenen Fleisches ungenießbar zu sein, dem sie so lange die Zubereitung verweigert haben mußte, bis es endlich verdorben war.

So stand sie da.

Das Mädchen stand einfach daneben.

Zuerst dachte ich, es sei übergewichtig, was für ein Mädchen natürlich besonders schlimm ist, da es dann von Männern nicht wahrgenommen wird und existenzunberechtigt ist. Dann aber stellte ich fest, daß es in mindestens vier verschiedene Lagen von Strumpfhosen, Socken, Pullovern, Handschuhen und Schals gehüllt war, in denen es unbeweglich vor sich hin stand. Es sah aus, als sei es schwanger.

Die Frau behauptete sich weiterhin aufrecht, jetzt die Augen geradeaus auf die Drogerie gerichtet. Unbeweglich wie ein toter Baum, dessen in den Boden gebohrte Wurzeln verhindern, daß er wie ein auf ihm befindlicher Borkenkäfer weggeweht wird, der überall, wo er ankommt, auf dem Rücken landet und bettelnd um ein Leben mit aufrechtem Gang strampelt. Ein Leben, wie andere es haben, die seine Insektenseele ohne weiteres unter ihrer fortschrittlichen Schuhsohle zertreten würden, ohne seiner gewahr zu werden. Ich dachte an die Spinnen meiner Kindheit, denen ich die Beine abgetrennt hatte. Sie hatte keine Grazie.

Warum sehen Frauen alle gleich aus?

Ich beendete meine Beschäftigung mit Mückenschutzmitteln und wendete meine Aufmerksamkeit dieser potentiellen Kundin zu, die selbstverständlich im Falle, daß sie einen Artikel in Jürgens Drogerie erwerben würde, Königin wäre.

Ich sah, wie sie mit leicht zuckender Mundpartie, an der andere Menschen Lippen besitzen, nach einer wollbehandschuhten Hand des Kindes griff, ohne sich dabei wesentlich bewegt zu haben.

Ohne die leiseste Geräuschentwicklung kam sie Stück für Stück auf mich zu.

Dann stand sie vor mir.

Sie sagte etwas.

Ihr Atem erreichte mich wie die inhaltslose Luft eines Haartrockners.

Sie suche Gummihandschuhe.

Gummihandschuhe befanden sich an der linken Seite des Verkaufstresens. Wir hatten zwei Fabrikate im Angebot, die sich durch Hautfreundlichkeit und gute Grifffestigkeit auszeichneten, die besonders beim Geschirrspülen von großem Gewicht ist. Ich präsentierte ihr beide.

Das Kind atmete.

»Gabriele!« entfuhr es der lippenlosen Gesichtsöffnung der Frau, während sie ihre Hand in den ersten Gummihandschuh einführte. »Mußt du so laut sein. Sei leise!«

Das Kind blickte zur Frau, die das Kind nicht ansah.

Der Handschuh paßte ihrer rechten Hand wie ein für sie angefertigter Handschuh. Die Ohrfeige, die sie dem Mädchen damit gab, war so heftig, daß das Kind zu Boden ging.

Ich bewunderte ihre Schlagtechnik.

Sie war die Mutter des Kindes.

Eine Mutter ist eine Frau, die aus dem Bauch heraus weiß, was für das eigentümliche Kind richtig ist.

Mit wenigen, kaum wahrnehmbaren Handgriffen hatte die Kundin, die nun in der Tat Königin war, das andere Produkt übergestreift und dem Kind, das bereits wieder bereit stand, ins Gesicht geschlagen.

Es blieb stehen.

»Eine Unverschämtheit!« resümierte sie den Vorfall.

Das gefallsüchtige Kind fiel bereitwillig zu Boden. Ich vermutete Schuldgefühle, weil es Standfestigkeit bewiesen hatte, was nicht seine naturhafte Aufgabe sein konnte. Es ist immer wichtig, den Erwartungen der anderen zu entsprechen, wenn man nicht schlecht sein will wie die vielen anderen schlechten, zum Teil arbeitslosen Menschen, denen immer wieder begegnet wird, sogar wenn man selbst nicht vom rechten Weg abgekommen ist.

Selbstverständlich entschied die Frau sich zum Kauf der Gummihandschuhe, in deren baumwollbeflocktes Innenfutter sie ihre Hand zuerst hatte hineinfahren lassen. Ich sagte ihr, sie habe mit diesem Fabrikat eine gute Wahl getroffen, da es hochelastisch und somit nicht nur ideal für den Haushalt, sondern auch für die Hobbys sei, die andere hatten.

Sie sah mich an.

Ich sagte, die Handschuhoberfläche zeichne sich durch gute Griffigkeit bei gleichzeitig intensivem Tastgefühl aus.

Sie sah mich an.

Ich erteilte den Pflegehinweis, die Ware nach Gebrauch gut abzuspülen und dann trocken und luftig zu lagern, um unangenehme Geruchsentwicklung zu vermeiden.

Sie sah mich an.

Ich fragte, ob ich die Ware in Papier einschlagen solle.

Sie sah mich an.

Sie tat das absichtlich. Noch nie hatte jemand mich so lange angesehen. Wodurch hatte ich Anstoß erregt?

Ich sah von oben auf das Kind.

Mit welchem Recht stand ich immer wieder auf, nachdem ich ununterbrochen zu Boden gegangen war?

Sie sah mich an und überreichte mir einen faltenfreien Geldschein, der wie eine Klinge in mein Handinneres drang.

Unbeweglichen Gesichtes sagte sie, es sei ihr unverständlich, warum ein junger Mann wie ich, der noch etwas, was er gerne hinter sich hätte, vor sich habe, in dem Drogerieladen eines Verbrechers arbeite.

Ich sagte, ich verstünde nicht, wovon sie spreche.

Das Wechselgeld, das ich ihr überreichte, verschwand in einer Handtasche, die sie wie ihren Schutzschild vor sich führte.

Sie sprach von Jürgen.

Mir blieben Worte, von denen ich nie etwas gewußt hatte, im Hals stecken.

Als ich zur Seite sah, schlug ein Arm, der zu meinem Oberkörper führte, gegen eine Blutorangensaftflaschenpyramide, die ich am Morgen vor Ladenöffnung errichtet hatte, um die Drogerie mit einer optischen Attraktion auszustatten, die beim überraschten Kunden Kaufreize auslösen konnte.

Die umstürzende Blutorangensaftflaschenpyramide riß den Turm aus Handspülmitteln mit sich, von dem bereits, außer in Hartwassergebieten, wo die Dosierung gegebenenfalls versuchsweise etwas erhöht werden kann, ein bis zwei Spritzer auf fünf Liter warmes Wasser genügen.

Ich hatte die Kontrolle über meine Kontrolle verloren.

Vielleicht sollte ich Vater schreiben.

Nein, dachte ich.

Ich habe nichts zu sagen.

Der Gummihandschuh mit baumwollbeflocktem Innenfutter auf der Hand der Frau hatte das Kind entschieden an sich gerissen, als müßte man es vor mir schützen.

Wieder sah die Frau mich an.

»Körperkontakt kann tödlich sein«, hörte ich es aus einem unbeweglichen Etwas sprechen.

Dann wurde sie wieder von der Außenwelt aufgenommen. Der Straßenlärm schluckte sie wie ein Grundnahrungsmittel, das von niemand gerne, aber aus Gewohnheit gegessen wurde.

Sie hatte von Jürgen gesprochen.

V

Ich war tief hinabgetaucht in das schwarze Wasser. Ich wußte um alle Untiefen. Ich wußte alles. Ich stieß vor bis zum Grund, aber auf dem Weg nach oben ging es verloren.

Ich war wieder in Untergangsstimmung.

Ich sah mich um.

Ich wußte nicht, warum, aber ich blickte auf am Boden befindliche Handspülmittel und Blutorangensaftflaschen, welche vorher eine Pyramide geformt hatten. Bevor eine Frage in mir formuliert werden konnte, begann ich mit gutstrukturierten Aufräumarbeiten, die ich lieber vor morgen besorgte, damit ich es nicht heute bereute. Ich verspürte Schuldgefühle Jürgen gegenüber, der seit drei Monaten unter einem leichten, aber unberechenbaren Schwächegefühl litt. Ich würde umgehend den mit lebenswichtigen Vitaminen, Mineralien, aufbautauglichen Stoffen und Fruchtfleisch angereicherten Blutorangensaft, dessen Genuß im Idealfall die allgemeine Abwehrkraft erhöht, und das in Österreich produzierte Handspülmittel aus Pflanzenseifen und Zuckertensid an mich nehmen. Ich würde umgehend alles wieder dorthin stellen, wo es vorher gewesen war, damit es nur an jenen Orten wieder auftauchte, die nicht grundlos sind.

Alles, was sich nicht einordnen ließ, würde ich aussortieren.

Befremdliches ist keine Erinnerung wert.

Ich erinnere mich nicht.

Etwas Schönes mußte geschehen sein, da ich nur Positives zu verdrängen pflege.

Ich erinnerte mich an Jürgen. Ich konnte ihn genau vor mir sehen. Und fast anfassen. Drogeriedienstschluß in fünfzehn Minuten.

Etwas Ungestümes in mir fühlte sich wie etwas an, was Freude genannt wird.

Ich wäre bereit gewesen, Jürgen zu heiraten, wenn der Gesetzgeber es mir erlaubt hätte.

Ich wollte Kinder mit ihm.

Dann hätte es ihn immer gegeben.

Ich mag Kinder. Ich habe es immer bedauert, keine Frau zu sein, die alles unterleiblich entscheidet. Für jeden ist es wichtig, eine Selbstaufgabe zu haben, die er aus sich heraus erfüllend erledigen kann.

Eine Frau sucht immer nach einer fruchtbaren Niederlage unter einem sie deckenden Mann.

Die Geschlechter bestehen aus verschiedenen Bestandteilen, und so ist es natürlich natürlich, daß Frauen aufnehmen, was Männer abgeben, damit ein möglichst männliches Kinderleben preisgegeben werden kann, dessen kopfloser Aufwuchs nirgendwo anstößt.

Ich wäre gerne normal. Aber ein Mann ist eben einfach anziehender in seiner maßgeschneiderten Erscheinungsform als eine Frau, der alles, was sie auch anprobiert, mindestens eine Nummer zu groß ist.

Andererseits habe ich sowenig für Frauen übrig, daß ich vielleicht etwas für mich auf die Seite legen könnte, wenn ich mich auf eine einließe.

Aber das würde bedeuten, daß ich sie anfassen müßte.

Ich könnte das nicht.

Es ist eine natürliche Zwangsläufigkeit, daß ich Frauen auf der körperlichen Ebene ablehne, denn Frauen sind biologisch minderwertig und wenig attraktiv. Das sieht man nicht nur aus meinem Blickfeld heraus, sondern auch in der Tierwelt, wo der im interessant gemusterten und geschmackvoll getönten Federkleid befindliche Erpel neben der grau gefiederten Entenfrau besticht, die sich, ihrer geschlechtlichen Beschränkungen bewußt, im äußerlichen Ausdruck Grenzen steckt, die weit über ihren eigenen Horizont hinausweisen. Das ist nur ein Beispiel von vielen anderen, die ich in diesem Zusammenhang nicht nennen möchte.

Ich fasse keine Frau an.

Meine Mutter ist eine Frau.

Eine Mutter ist in erster Linie Mutter, aber ich befürchte, Frau ist sie auch.

Ich fürchte meine Mutter nicht, die wirklich eine Frau ist. Ich befürchte, daß keine andere Frau mit ihr mithalten könnte. Eine Frau müßte schon ein Mann sein, um gegen sie anzutreten.

Und ein Mann muß schon mein Vater sein, um mit einem Mann mithalten zu können.

Fremde können das nicht. Sie hießen Harald, haben mich nie verstanden und Fragen gestellt. Ich war meinen Klassenkameraden gegenüber beispielsweise immer mit einem Schamgefühl überzogen, da ich elterlicherseits nie geschlagen wurde. Heute erkenne ich, daß es mir nicht unbedingt irreparablen Schaden zugefügt hat, aber im Kinderschuh steckend hätte ich eben gerne mit blauen Flecken und Prellungen geprahlt, die in der Öffentlichkeit wie Auszeichnungen von mir vorgezeigt worden wären. Ich habe sie mir dann selbst zur Genüge zugefügt.

Wenn ich über Kinder verfügen würde, müßten sie von mir auch geschlagen werden.

Vor meinen Augen tauchte Harald auf.

Seit einer Woche hielt er sich bereits im näheren Umkreis der Drogerie, in der ich arbeitete, auf. Bisher hatte ich ihn stets zu ignorieren gewußt. Es konnte sich bei seiner Anwesenheit keinesfalls um einen Zufall handeln. Ich erlaube es mir nicht, an Zufälle zu glauben.

Nichts fällt einem einfach zu, ohne vorher etwas dafür getan zu haben. Alles ist Arbeit. Etwas anderes existiert nicht. Es sei denn Arbeitslosigkeit, und die war ich los.

Ich war nicht arbeitslos.

Ich war so, wie Jürgen mich sah.

Harald war in mich verliebt.

Ich hatte vor einer Woche eine Nacht mit ihm verbracht.

Ich hatte es Jürgen aus Angst vor einer Reaktion verschwiegen, von der ich vorher nicht einschätzen konnte, wie sie ausfallen würde. Ich fühlte mich wie eine Geschlechtsverkehr ausübende Prostituierte, obwohl ich nichts getan hatte. Nichts, an das ich mich erinnern konnte. Ich würde Jürgen, der seit drei Monaten unter einem leichten, aber unberechenbaren Schwächegefühl litt, keinen Mißverständnissen aussetzen.

Ich verstehe nicht, wie man mich lieben kann.

Mich als Kind.

Wo ich schon als Kind ich gewesen bin.

Und nicht unsichtbar.

Bereits seit frühester Kindheit hatte ich zu Weihnachten eine Tarnkappe unter den entsprechend geschmückten Weihnachtsbaum gelegt haben wollen, wie sie von blonden Helden der Sagenwelt in gefährlichen Situationen aufgesetzt werden, damit sie auf wehrlose Feinde einschlagen können, die sofort zu Boden gehen und niemand mehr Schaden zufügen. Ich bekam aber immer nur bunt gemusterte Wollmützen, die kratzten und nicht einmal richtig vor der Kälte der Welt schützten. Ich weinte um die Tarnkappe, die, wie ich unbewußt wußte, nie mein Eigentum werden würde. Sicherheit schien mir nur über Unsichtbarkeit erreichbar, die ich offensichtlich nicht besitzen sollte.

Dann wünschte ich mir zu Weihnachten eine Schwester oder einen kleinen Bruder.

Nur für mich.

Aber auch die bekam ich nie.

Manchmal wurde ich panisch.

Heute verstehe ich nicht, wovor ich mich überhaupt gefürchtet habe. Ich hatte Angst vor meinem eigenen Körper, der auf eigentümliche Weise um mich herum war, ohne mich zu berühren. Immer wieder überlegte ich, was wohl von mir übrigbliebe, wenn ich meinen Körper von mir subtrahierte. Ich ging dabei nach den Regeln der Wahrscheinlichkeitsrechnung vor und vermutete eine Minussumme, denn zu einem erfüllten Innenleben konnte ich keinen Bezug herstellen, der in irgendeiner Weise standhielt. Ich fühlte mich ausgehöhlt. Ich aß kaum etwas. Nicht einmal Kaugeräusche konnte ich verkraften. Alles, was von mir kam, schien mir zuviel zu sein.

Jetzt war ich glücklich.

Vielleicht erstickte ich auch.

Ich hatte das Leben noch vor mir.

Und Harald vor der Drogerietür.

Ich hoffte, der ungebetene Gast würde nicht eintreten in meinen Lebensbereich, der sich, zehn Minuten vor Dienstende, durch wieder aufgetürmte Handspülmittel auszeichnete.

Ich hatte mich in eine aufbautaugliche Stimmung gezwungen und fing an, die Blutorangensaftflaschenpyramide neu zu erbauen.

Saft ist ein Lebenskraftkonzentrat.

Es ist sinnvoll anzufangen, damit etwas zu Ende gebracht werden kann.

Ich will nicht immer am Ende sein, wo jemand wie Harald sich aufhält, zu dem ich Abstand halte, weil etwas von ihm ausgeht, dem ich nicht Einlaß gewähren möchte.

Er soll sehen, wo er bleibt.

Ich habe es auch nie leicht gehabt, aber ich weiß, daß es sich nicht lohnt, alles für eine Utopie aufzugeben, die sich auf eine Zukunft bezieht, die es unter Umständen nie geben wird.

Harald gab es.

Er betrat den Laden.

VI

Ich erinnere mich exakt an den Tag. Ein Tag wie jeder andere, der in meinem Leben über mir ausgeleert worden war. Ich hatte im Freien einer öffentlichen Grün- und Erholungsanlage, die besonders im Frühsommer aufmunternd bunt bepflanzt wurde, den für Menschen ab achtzehn gesetzlich gestatteten Geschlechtsverkehr ausgeübt. Es entzieht sich meiner Kenntnis, von wem ich zu Boden gestoßen und penetriert worden war, da keine Gelegenheit bestanden hatte, Blickkontakt zu seinem Gesicht aufzunehmen, das sich irgendwo oberhalb eines ebenmäßigen, circa vierundzwanzig Zentimeter langen Penis an haarlosen Hoden befunden haben muß. Er wartete nicht auf die Einladung, die ich nicht ausgesprochen hatte, um in mich einzutreten. Er ließ sich ohne Präservativ zu mir hinab, der ich auf Knien vor ihm war.

Ich muß wohl Vertrauen zu ihm gehabt haben.

Alles Aufgestaute ging über in geregelten Stoßverkehr, wobei keine Verkehrsregel übertreten wurde. Alles verlief erwartungs- und ordnungsgemäß. Irgendwann bemerkte ich, daß er sich, vermutlich unter Benutzung einer Überholspur, auf der er mich am besten hinter sich lassen konnte, entfernt haben mußte.

Ich spürte es, da ich kein Stechen im Analbereich mehr fühlte und die Krämpfe in meinen Beinen sich zu legen begannen.

Die Stellung, die ich eingenommen hatte, schien nicht mehr selbstverständlich. Er hatte sich mir wortlos entzogen und war gegangen. Das konnte bedeuten, daß er nicht gekommen war.

Ich hatte demnach versagt.

Es gelang mir nicht, Abstand von meinen Schuldgefühlen zu nehmen, während ich aufstand und meine Nacktheit teilweise abzulegen begann.

Ich hatte mich nicht einmal bei ihm bedankt.

Nur undankbare Menschen wie ich bedanken sich nicht. Ich beschuldigte mich, eines Tages noch einmal krebskrank an mir zu werden.

Ich kann kranke Menschen nicht ertragen.

Ausgenommen meinen Vater.

Ich konnte den Tag seiner Kurentlassung kaum noch erwarten.

Damals trug ich pflegeleichte Sommerkleidung, die ich in dem traditionellen Herrenbekleidungsgeschäft mit Niveau erworben hatte, in dem ich vor der Zeit meiner Arbeitslosigkeit, die fortschrittsgläubig von mir abgelegt worden war, ein Angestelltenverhältnis bekleidet hatte. Ich hatte die mit Bundfalten versehene Hose des mauvefarbenen Qualitätsanzuges aus Naturseide vor dem obengenannten Geschlechtsakt heruntergelassen, nicht ohne die nachlässig geschnittene Rasenfläche, auf der ich kniete, mit einer rohweißen Tageszeitung abzudecken. Ich trug selbiges Blatt, welches zu lesen ich nicht die Verpflichtung fühlte, mit mir, weil es hervorragend mit oben genanntem Anzug harmonierte, dessen Originalpreis unangemessen hoch gewesen war. Aber da ich zum damaligen Zeitpunkt noch zwanzig Prozent Rabatt auf jede von mir erworbene Textilie erhielt, war es im Endeffekt ein günstiger Kauf, den ich bis heute nicht bereut habe. Ich lege Wert darauf, gut auszusehen, damit ich einen einprägsamen Eindruck hinterlasse, ohne aus mir herausgehen und etwas ausdrücken zu müssen, das ich bereits erfolgreich verdrängt habe.

Ich sehe gut aus und werde gesehen.

So sehe ich das.

Im Weggehen entdeckte ich einen jungen Mann meines Alters von annehmbarem Äußeren, der sich eine Pistole an die für meinen Geschmack zu schmale Brust hielt. Es stellte sich in unangemessen schneller Geschwindigkeit heraus, daß es Harald war.

Ich hatte ihn drei Jahre lang nicht gesehen und zunächst nicht erkannt.

Hätte ich ihn nicht davon abgehalten, sich das in ihm befindliche Leben zu nehmen, hätte es für ihn keine Gelegenheit gegeben, sich in mich zu verlieben und in meinem Lebensverlauf aufzuhalten, wo er ununterbrochen unerwartet vor Jürgens Drogerie auftauchte.

Ich formulierte die Frage, was er vorhabe. Er entgegnete, er wolle sich erschießen, damit er sich in seiner Sinnlosigkeit hinter sich habe. Er halte Erschießen für die sicherste Vorgehensweise und wolle endlich anfangen, sich selbst ein Ende zu setzen. Ich formulierte die Frage, auf welche Weise er einen Schuß durch sich hindurchlassen wolle, und erfuhr, daß er den Beschluß zum Herzschuß gefaßt habe.

Ich entrüstete mich über dieses entwaffnende Aufgebot von Uninformiertheit auf seiner Seite.

Der Ausgang ist schwer zu finden, wenn man nicht weiter weiß, und der Tod ist nicht leicht. Das läßt das Leben sich nicht nehmen.

Er nannte mich bei meinem Namen: Martin. Martin redete mit ihm. Er versicherte ihm, daß Herzschuß eine außergewöhnlich unsichere Vorgehensweise verkörpere, die ihn nicht im entferntesten zu der Hoffnung berechtige, einen Tötungsweg zu gehen, der keine Sackgasse sei. Als er sich daraufhin die Pistole an die Schläfe setzte, versicherte ich ihm, daß es am sichersten sei, sich in den Mund zu schießen. Ich zweifelte nicht am Wahrheitsgehalt dieser Information, da ich sie meiner Lieblingsillustrierten entnommen hatte, die einmal pro Woche von mir erworben wurde.

Er gestand mir seinen Dank und versprach, diese Tötungsart auf sich anzuwenden.

Endlich fiel auch mir auf, wie Martin anfing, Gefallen an ihm zu finden. Es gefiel Martin aus mir unerfindlichen Gründen auch, daß die Pistole nicht mehr an eine Brust, die mir zu schmal erschienen war, oder eine Schläfe gedrückt wurde, an der ich einen angstvollen Pulsschlag sah. Ich sah, wie Martin Haralds Hand besah, in der dieser die Waffe gehalten hatte. Sie schien nicht für Gewalt geschaffen zu sein. Ich fühlte etwas zwischen uns, das ich nicht wollte. Ich hatte das Gefühl, den begrenzten Raum, den ich Zuhause nannte, weil er mein Zuhause war, nicht auszuhalten.

Einen Lidschlag später fand ich Martin in Haralds Wohnung wieder. Harald versicherte ihm, daß es eigentlich nicht seine Angewohnheit sei, Männer, die er gerade erst kennengelernt hätte, in sein Heim einzulassen.

Der Mann, von dem er mit Martin sprach, war ich.

Ich schien ihm aufsehenerregend.

Ich sah auf mich herab.

Ich würde niemand Einlaß zu mir gewähren. Meine Wohnung ist für mich ein intimer Ort, den ich mit einem Menschen, der in mich eindringt, nicht teilen möchte.

Grenzen müssen gewährleistet sein.

Ich war bereits fünfzehn Minuten bei ihm. Weshalb hatte noch kein Geschlechtsverkehr stattgefunden? Das ist eine Frage, die ich mich noch nie gefragt hatte. Eine Situation, in der ich noch nie gewesen war. Es war mir noch nie passiert, daß ein Gastgeber mich pflichtvergessen auf mir selbst sitzen ließ, wo ich natürlich nicht Platz nehmen wollte.

Ich gehe nicht aus, um bei mir selbst anzukommen.

Er sah meinen Anblick, aber er hatte nicht einmal eine Erektion anzubieten. Eine Erektion ist üblich, um Anerkennung zu äußern, ohne etwas aussprechen zu müssen. Ich befürchtete, man würde mir zu Recht meine Existenzberechtigung, für die ich hart gearbeitet hatte, absprechen, sollte ich nicht in der Lage sein, eine Erregung signalisierende Schwellkörperversteifung auszulösen.

Erregung und Ekel. Dazwischen gibt es nichts.

Ich ertrug es nicht, angesehen zu werden. Ich wollte fort, aber Martin schien sich wohlzufühlen, wo er sich befand. Ich spürte das Gefühl aufkommen, nicht zu genügen, und gab dafür wegen meiner Zerrissenheit ein treffsicheres Ziel ab.

War ich zu offen gewesen?

Ich beschloß, meine alten, notdürftig geflickten Wunden, die immer wieder aufgerissen wurden, mit harten, spitzen Männernadeln zu stopfen, die mich dann mit etwas bereicherten, was meine schlechte Qualität aufheben würde.

Auf einmal war da diese Einsamkeit.

Mein Vater hatte mich gemacht. Warum war er jetzt nicht da? Er allein wäre fähig gewesen, mich wieder in Martin einzuführen, in ein System, das nach festen Regeln funktioniert, die von mir und Martin akzeptiert wurden.

Ich brauche eindeutige Zeichen, die mir zeigen, wie es weitergeht auf einem Weg, den ich nicht gewählt habe, der aber bequemer ist als Seitenwege, von denen auch nicht bekannt ist, ob ich dort andere antreffe, die auf mich ansprechen. Das ist wichtig, damit ich nicht in mir selbst verlorengehe, sondern dort ankomme, wo man erhobenen Hauptes von einer Erektion angeschaut wird, die mehr sagt als tausend Worte einer Sprache, die sich hinterfragend und unpräzise gibt.

Vielleicht erwartete er, daß Martin die Initiative übernahm. Ich fragte mich, wie groß wohl sein Penis sein möge. Man könnte mit Oralverkehr anfangen. Es schien mir naheliegend. Ich dachte kurz darüber nach, einen Anfang zu machen. Aber ich dachte ja gar nicht daran.

Nicht im entferntesten.

Die Unterhose behielt Martin an, als er sich inmitten einer unbekannten Schüchternheit neben Harald legte. Es war spät. Die Sonne ging bereits auf. Er war warm, fast samtartig und schmiegte sich wie ein kleines Tier in Martins linken Arm, der auf ihn aufpaßte. Sein rastloser Kopf lag auf Martins Oberkörper, der gewebt war wie das Nest einer ausgestorbenen Vogelart, und Haralds Flügelschlag roch nach frisch gemähtem Gras. Er strömte aus. Ich fühlte, wie er Martin wärmte. Ich spürte Haralds Atem, der versuchsweise kam, wie eine ungefährliche Berührung über Martins Hautfläche lief und sich langsam ausdehnte. Er wurde zu Melodien, die die Seele schon lange nicht mehr gesungen hatte. Die Erinnerung an diese Harmonien war tief gesunken. Jetzt brachte die aufgehende Sonne sie wieder ans Licht eines gutartigen Tages. Die Finger von Haralds rechter Hand lagen schützend in den Zwischenräumen von Martins Rippen. Etwas fiel von ihnen ab. Sie legten ihre Lippen aufeinander, als würden sie sich seit Unendlichkeiten kennen. Haralds Glied lag wie ein noch nicht mißbrauchtes Kind an seinem Oberschenkel und regte sich nicht. Vielleicht mochte es mich. Unbeweglich sah die Sonne zu, wie die Erde an einen unbekannten Ort versank, den ich vielleicht eines Tages ohne Angst bereisen würde. Einmal. Im Augenblick blieb ich bei Martin liegen, drückte Haralds Hand und reiste durch bereits vertraute Haut, die nichts gegen mich hatte. Ich stand am Übergang. Irgendwie hatten unsere Oberflächen sich vermischt. Ich atmete auf und blickte hinaus auf teilerleuchtete Wohnungsbauten, und mein Brustraum weitete sich. Noch nie hatte die Endlosigkeit des Horizonts so wenig Angst gemacht. Ich beschloß, mich auf den Weg zu machen, von dem ich lediglich den Anfang kannte. Alles fühlte sich wie Gegenwart an. Eine große Beruhigung breitete sich über mir aus.

Die Welt war eine weite, warme Wolldecke.

Ich deckte mich zu mit ihr.

Er weinte, als ich ihn ansah. Ich legte das Gesicht eines Menschen, den ich mochte, in meine rechte Hand, die andere breitete ich über seinen Rücken. Ich berührte jeden einzelnen Wirbel bis hinauf zum Hals. Ich fühlte, wie es wäre, Verantwortung für das Geheimnis eines Lebens zu übernehmen, das sich vielleicht nie lösen würde. Etwas schien möglich. Erwartungsvoll sah ich ihn an. Er hatte sich noch enger an mich geschmiegt. Er schien glücklich und legte meinen weichen Penis in die schützende Höhle seiner Hand.

Dann schliefen er und Martin ein.

Eine Unverschämtheit.

Noch nie in meinem Leben war ich so gedemütigt worden. Es war doch alles an mir dran, was angefaßt werden konnte. Im nachhinein verstehe ich nicht, warum ich nicht auch angewendet wurde. Der Mensch ist nur sinnvoll, wenn er verwertet werden kann. Ich hatte immer angenommen, daß ich mich dazu anbiete, aber der Markt funktioniert über Nachfrage. Nach wem kein Verlangen besteht, den gibt es nicht.

So wie mich.

Da hatte ich nun unberührt neben einem nutzlosen Menschen ohne Erektion gelegen. Ich hatte mich schmutzig gefühlt. Ausgenutzt und schmutzig.

Und mißbraucht.

Später, als er wieder erwachte, erzählte er mir von

sich. Es interessierte mich nicht, aber ich hörte doch zu. Es fiele ihm schwer, Sexualität zu genießen, da er sie nicht von Erniedrigung, Scham und Verletzung trennen könne. Er habe Erfahrungen mit Männern gemacht, die ihn zu dem gemacht hätten, dem er bis heute machtlos gegenüberstehe. Er fühle sich immer noch wie das Opfer, das er früher gewesen sei. Er habe deshalb Angst, kein Mann zu sein. Denn wenn, wie es allgemein heißt, Männer keine Opfer sind, dann sind Opfer keine Männer. Die Gesellschaft verlange den Führer im Mann: beim Sex wie beim Standard- und lateinamerikanischen Tanz. Männlichkeit sei etwas Angsterregendes, sagte er, aber mit mir habe er das Liegen geschehen lassen können. Diese Ängste seien Einbildung, wie ihm immer wieder eingeredet worden war.

Angst ist keine Einbildung.

Angst ist etwas anderes.

Angst muß überwunden werden.

Was unten ist, wird wieder aufgerichtet.

Auch die Pyramide hatte ich wieder aufgebaut. Jeder, der es wollte, konnte ab sofort wieder mit lebenswichtigen Vitaminen, Mineralien, aufbautauglichen Stoffen und Fruchtfleisch angereicherten Blutorangensaft erwerben, der im Idealfall die allgemeine Abwehrkraft erhöht.

Ich konsumiere keinen Saft in Flaschen.

Ich bevorzuge es, die blutige Frucht frisch mit der Hand auszupressen.

Ich mag's natürlich.

Als ich aufsah, war Harald immer noch da.

Ich sah, wie Martin zu ihm trat und mit den Fingerspitzen Haralds Schlüsselbein berührte.

Ich spürte, wie ein angenehmes Gefühl sich auf seiner Haut ausbreitete.

Ich berührte Flügel.

Martin entkam in seinen Arm.

Ich trat hinzu und sagte Harald, daß er eine Drecksau sei.

Ich sagte, er sei ein Versager, eine perverse Sau, ein Kinderficker.

Ich sagte, zum Verarschen solle er sich einen anderen suchen.

Ich sagte, er sei widerlich, alles andere von mir Gesagte sei gelogen gewesen.

Ich sagte, sein weicher Penis habe wie ein schleimiger Wurm ausgesehen.

Wie ein widerlich kleiner Wurm, sagte ich.

Er sei lächerlich, sagte ich.

Ein impotentes Dreckschwein, sagte ich.

Kein Mann.

Ich müsse kotzen, wenn er mich noch einmal anfasse, sagte ich.

Daß ich vor einer Woche bei ihm übernachtet habe, besage gar nichts, sagte ich.

Er sagte nichts.

Er verließ die Drogerie.

Ich hatte das Entsetzen in seinem Gesicht sehen können. Ich wußte, das war etwas, was ich nie wieder vergessen würde.

Etwas fühlte sich feucht an. Ich blickte nach unten und sah einen in einer leichten Sandale befindlichen Fuß, der sich in einer sich ausweitenden Lache aus Blut befand. Im Fußrücken einen Zentimeter tief eine Glasscherbe, die ich ohne weiteres als Teil einer Blutorangensaftflasche identifizierte, deren Zerfall mir entgangen sein mußte.

Der Fuß, in dem der Glassplitter steckte, war meiner. Ich stellte fest, daß er direkt mit einem Körper verbunden war, der gänzlich ungeeignet, aber meiner zu sein schien.

VII

Eigener Herd ist Goldes wert, denke ich, als ich die mit Stahlplatten und einem Stangensicherheitsschloß gegen Einbruchsversuche gesicherte Mahagonitür hinter mir schließe, die gar keine so sündhaft teure Anschaffung war, wie wir gedacht hatten. Ich schließe sie so geräuschlos wie nur möglich, da ich meine Lieben, die mich erst in einer Stunde freudig erwarten, mit mir überraschen möchte. Aber noch bevor ich meine mit Lebensmitteln und Hygieneartikeln im Wert von 267,40 DM gefüllten Einkaufstaschen auf dem bordeauxroten, handgetufteten Teppich aus einhundertprozent Wolle, der auch in Grün erhältlich ist, abstellen oder meine freche Wicklerwelle, die ich mir heute für 120 DM von meiner pfiffigen Friseuse habe legen lassen, im Spiegel begutachten kann, höre ich es bereits rufen. »Hurra! Hurra!« freuen meine kleinen Racker sich. »Die Mami ist schon wieder zu Hause! Du hast uns ganz, ganz doll gefehlt«, sagen da ganz lieb im Chor Hermann und Heinrich, und eine heitere Besinnlichkeit breitet sich in unserem Umfeld aus, denn Kindermund tut Wahrheit kund. »Verflixt und zugenäht«, lache ich, als sie sich mit ihren süßen Patschhändchen an mich drücken, »laßt mich doch wenigstens meinen hochmodischen Mantel aus der Steffi-Graf-Kollektion 1996 ablegen, der aus gummiertem Oberstoff ist, erst bei längerem Tragen die gewünschte typische Patina erhält und nicht ganz billig gewesen ist.« Die kleinen Kerle sind mindestens so pfiffig wie meine Friseuse, mit der man Pferde stehlen kann, und wissen natürlich, daß ich nicht wirklich verärgert bin. Hermann und Heinrich sind mir das Liebste auf der Welt. Ärger zahlt sich nicht aus, denke ich und: Kein Feuer so heiß, ein Wasser kann es löschen. »Hermann, mein Spatz«, sage ich. »Geht's dir gut, mein Häschen?« frage ich danach Heinrich. Meine beiden Lausbuben strahlen über das ganze Gesicht, und ihre Pausbäckchen überzieht ein rosiges Glühen.

Ein Kinderlachen ist das Kostbarste, was es gibt, denn es ist unbezahlbar.

Gedankenverloren streiche ich über Hermanns goldenes Wuschelköpfchen und entferne dann zielstrebig einen Faden, der auf seinem neuwertigen Markenpullover aus hundertprozentiger Baumwolle, der flach liegend getrocknet werden muß und besonders gut zu seiner Designerhose aus pflegefreundlichem Jersey paßt, nichts zu suchen hat.

Auch im schönsten Apfel sitzt der Wurm, seufze ich, als ich sehen muß, was dann geschieht. Heinrich neidet seinem Bruder die Liebkosung und erhebt sein kleines Fäustchen in einer Art und Weise gegen ihn, die er nur einem für ihn ungeeigneten Fernsehprogramm entnommen haben kann. »Na, na, na«, sage ich. Ich fahre fort und sage: »Mein lieber Freund und Kupferstecher! Wenn die Katze aus dem Haus ist, dann tanzen die Mäuse, ich weiß schon«, sage ich, »aber ab jetzt wird sich benommen.« Das Trotzköpfchen sieht mich an. »Wie sagt man«, sage ich. »Entschuldige bitte«, sagt es, »ich habe etwas falsch gemacht, und ich möchte mich dafür entschuldigen. Du hast recht und ich unrecht. Entschuldige bitte«, sagt es und sieht mich mit treuen Augen an. Es guckt so herzig und lieb. Ich kann ihm schon nicht mehr böse sein, beuge mich zu ihm hinunter, küsse es auf sein kleines Mündchen und gebe ihm einen liebevollen Klaps auf den Popo, der noch niemand geschadet hat.

»Da ist ja unsere Weltenbummlerin schon!« ruft es freudig vom Ende des Flurs. »Hurra! Hurra! Vati!«

sagen die Kinder artig und beginnen, einen lustigen Ringelreigen um Jürgen herumzutanzen. Ich kann mein Gefühl nicht für mich behalten. Ich bin eine Frohnatur. Ich weine vor Glück. Was der Mutter ans Herz geht, geht dem Vater nur bis ans Knie, denke ich, als ich sehe, wie meine drei Männer Hand in Hand durch eine abenteuerlustige Welt tollen, die ich hinterher verständnisvoll mit meinem leistungsstarken, aber geräuscharmen und mit einer extra Polsterdüse versehenen Markenstaubsauger entfernen werde, auf den die Familie, sofern die Kaufquittung korrekt aufbewahrt wird, fünf Jahre Garantie hat.

Wie der Vater, so der Sohn, beruhige ich mich und vertreibe die nagenden Sorgen über eine ungewisse berufliche und ökonomische Zukunft meiner Kleinen, die manchmal wie ein Stoß illegal die Staatsgrenze überschreitender Einwanderer über mich und mein Land herfallen.

»Holla!« ruft da Jürgen und trennt die Jungen. »Das wird mir aber bald zu wild! Ein Streit ist schnell angefangen, aber schwer geendet«, erklärt er den kleinen Frechdachsen, die ernstlich zu raufen begonnen haben. »Es ist nicht jeder ein guter Streiter, der ein gutes Schwert trägt«, läßt mein Mann die Buben wissen, und schon verstehen sie, daß sie sich falsch verhalten haben. Jürgen läßt Gnade vor Recht ergehen und erwartet keine Entschuldigung von den possierlichen Kerlchen. Ich weiß nicht, ob ich das richtig finde, aber ich finde es richtig, weil ich es wichtig finde, daß wir beide einer Meinung sind. »Jetzt aber marsch, ab zu euren Spielsachen«, sagt mein Mann. »Hurra!« rufen die kleinen Racker. »Hurra! Wir wollen Räuber und Gendarm spielen!« Und ich sehe sie artig davonflitzen.

Ein junges Herz lacht die ganze Welt an, denke ich.

Ich habe nur noch Augen für Jürgen, als die zwei Wonneproppen in ihrem erfrischend gemusterten Spielzelt mit Bodenverstärkung und integriertem Spieltunnel aus strapazierfähigem, wasserfestem Nylon verschwinden, das sich unsere Nachbarn aufgrund des stattlichen, aber angemessenen Preises von 658 DM nicht leisten können.

Das ist das Leiden in der Welt, der eine hat den Beutel, der andere das Geld.

»Das ist wirklich prima, Liebling«, sagt Jürgen, »daß du schon da bist.« Ich sinke in seinen Arm. »Ich habe dich so sehr vermißt«, sagt er, wie er es gar nicht sagen könne.

»Mein Schatz«, hauche ich. Mehr kann ich einfach nicht sagen. »Du bist mir ein rechter Schwerenöter«, füge ich errötend noch hinzu, aber dann bin ich mit dem Latein, das ich nie gerne gelernt habe, am Ende.

Am Ende vor Liebe.

Wie wird mir? Ist es der nicht enden wollende abendliche Glockenjubel, der von der mit Steuergeldern tadellos restaurierten Missionskirche herüberdringt, oder sind es die mannigfaltigen Freuden der Liebe, die mir das prallgefüllte Herz zerspringen lassen, das sich jetzt schon wieder im Dreivierteltakt wiegt wie ich mich in Jürgens Armen?

Meine Freundinnen, die mit mir durch dick und dünn gehen, hatten vor Jürgen gewarnt. Er sei ein Hansdampf in allen Gassen, fanden sie, ein Hallodri, der nicht auf genug Hochzeiten gleichzeitig tanzen könne. Diesem Haderlumpen sei nicht über den schlecht beleuchteten Weg zu trauen, den sie als Frauen vor allem nachts nicht gehen würden.

Trau, schau, wem, sagten sie.

Aber gegen die Liebe ist kein Kraut gewachsen, das ich käuflich erwerben könnte.

Wer mir gibt, den hab ich lieb.

Und ich gebe alles.

Ich bin lieb, um geliebt zu werden.

Jürgens samtiger Baß summt eine Melodie meiner Kindheit, die golden gewesen ist, aber leider nie mehr zurückkehrt. Ich weine bitterlich vor so unerträglich viel Glück, das ich im tanzenden Gleichschritt mit meinem Ehemann freudig empfinde. Ich fühle eine stille Wehmut, als ich meine Wange an sein kochfestes und bügelfreies Cottanova-Hemd lege, das tropfnaß aufgehängt werden muß und nur auf niedriger Stufe von mir gebügelt werden darf.

Hier bin ich zu Hause, denke ich, hier habe ich die Heimat, die ich niemals hatte.

Ich vergehe vor Heimweh.

Aber ich werde nicht gehen.

Vor meinem geschlossenen Frauenauge ersteht ein leuchtender Familienhimmel mit freundlichen Planeten und allen verfügbaren Extras, in dem ich auf Wolken gehe. Ich bin von den Socken, denn die Sterne, die mir zu den in maßgeschneiderten italienischen Weichlederstilettos befindlichen Füßen fallen, lesen mir jeden Wunsch von den Augen ab, die nicht glauben wollen, was sie alles sehen. Auch das Würgen unter der dünnen Magendecke ist nicht mehr da. Ich verspüre keine Übelkeit mehr wegen dem unbekannten Fremden, den ich in mir trage, im Gegenteil leuchte ich vertrauensvoll aus meinem putzstreifenfreien Herzensfenster hinaus in eine weite Welt, die so sinnvoll aussieht, wie ich sie aus meiner früheren Perspektive nie wahrnehmen konnte.

Ich weine.

Nein, sage ich mir da, es ist eine Zeit zum Lustigsein und eine Zeit zum Trauern. Und ich will kein Kind von Traurigkeit sein, denn wer sich selbst wegwirft, den heben die anderen nicht auf.

Ich hebe meinen Kopf.

Ich bin kein Kind von Traurigkeit.

Ich bin im Gegenteil eine Frohnatur, die stets lustig und fidel ist.

Da sehe ich im Spiegel meine freche Wicklerwelle, die ich mir heute für 120 DM von meiner pfiffigen Friseuse habe legen lassen. Sie ist auf der Seite, die an Jürgens Schulter lag, ganz eingedrückt und nicht schön.

Sie sieht nach weniger aus, als ich bezahlt habe.

»Verflixt und zugenäht!« sage ich heute bereits zum zweiten Mal, obwohl ich weiß, daß Flüche und Zoten des Teufels Boten sind. Das ist ja eine schöne Bescherung, denke ich, und taktlos entziehe ich mich meinem tanzenden Ehemann, den ich mutterseelenallein zurücklasse.

Er steht da wie bestellt und nicht abgeholt.

»Was ist denn, Liebling?« fragt Jürgen. Mein Mann sagt zwar immer und immer wieder, daß er mich liebt, egal wie ich aussehe, aber ich sage, daß er für einen Augenblick mit beiden Augen wegsehen muß, bis ich wieder ansehnlich aus mir als Ehefrau herausschaue.

Ein Mann besitzt Augen, um zu sehen, eine Frau, um gesehen zu werden.

Flink ergreife ich das erdrückte Haar mit den Fingern meiner rechten Hand und erteile ihm den Anschein einer Fülle, die es nicht hat. Die Welt will betrogen sein, denke ich schelmisch, und greife zum brennbaren Sprühfestiger, der flexiblen Halt gibt, aber leicht auszubürsten ist und nicht in der Nähe von Feuer oder eingeschalteten elektrischen Geräten benutzt oder gelagert werden darf. Entschieden betätige ich den Sprühknopf, der gelegentlich unter warmem Fließwasser zu reinigen ist. Sofort erhält meine Frisur, für die ich meiner pfiffigen Friseuse, mit der man Pferde stehlen kann, 120 DM gezahlt habe, Schwung und Spannkraft, meine Locken werden belebt und das wie nie glänzende Haar in seiner Struktur gekräftigt. Um noch mehr Volumen und Festigkeit zu erreichen, besprühe ich einzelne Haarsträhnen, die sich durch ein widerstrebendes Eigenleben auszeichnen. Meinen Kopf beuge ich dabei bodenwärts.

Als ich den zu achtundneunzig Prozent biologisch abbaubaren Sprühfestiger aufgebraucht und mich wieder aufgerichtet habe, habe ich wieder mehr aus mir gemacht und sehe in die Augen der anderen Frau, die sich selbstbewußt sehen lassen kann.

Es ist besser, wir betrügen den Teufel, als daß der Teufel uns betrügt, denke ich, denn ist die Birne erst reif, so fällt sie vom Baum.

Ich kreiere dann sofort wieder eine zwanglose Atmosphäre und sehe keck meinen Ehemann an.

»So, fertig«, sage ich, »ansehnlich«. Und lache mir ins Fäustchen.

Eine schöne Blume steht nicht lange am Wege. Einen Atemzug später finde ich mich bereits in Jürgens Armen wieder, der mir liebevoll ins Ohr flüstert, wie sehr er mich liebe. Er findet, ich sei die schönste Frau der Welt. Die andere Frau werde es für ihn niemals geben, höre ich, nur mich.

Ich finde das furchtbar lieb von ihm.

»Du schwindelst wohl wieder«, vermute ich und verrate mit einem schelmischen Augenaufschlag, daß ich meiner Aussage keinen rechten Glauben schenken mag, was auch immer ich gerade gesagt habe.

Man soll den Tag nicht vor dem Abend loben, aber dies ist der schönste Tag meines Lebens.

Muttertag.

»Daß du daran gedacht hast!« rufe ich, als Jürgen mich beglückwünscht. Die Liebe, die mich zu ihm überkommt, ist so groß, daß ich sie gar nicht in die Worte fassen kann, die ich nicht kenne. Richtig drollig sieht er aus, wie er da steht mit seinen Muttertagsgeschenken.

Das erste ist ein Buch über die noch amtierenden Königsfamilien Europas, die es überall gibt, nur hier nicht.

Das zweite ist ein verführerisches Strandkostüm, auf das ich Jürgen in der letzten Woche wiederholt aufmerksam gemacht habe, immer wenn wir uns die Auslagen des betreffenden Bekleidungsgeschäftes angesehen haben. »Wäre das nicht ein wunderbares Muttertagsgeschenk für mich!« habe ich gesagt. Das verführerische Strandkostüm ist aus der empfindlichen Luxusfaser Habutai, bemerke ich jetzt, einem exquisiten Seidengewebe, das schön, aber auch sehr heikel ist. Sagenhaft, sage ich mir, da ist meinem Mann aber wirklich eine tolle Überraschung gelungen!

Das dritte ist ein hüftlanger, pongégefütterter und nach der neuesten Mode taillierter Pelzmantel mit Goldknöpfen, der weiß wie Schnee ist und aus ganz jungen Robben, wie Jürgen sagt. Ich liebe ihn, als ich das Preisschild sehe, das Jürgen abzulösen vergessen hat.

So viel bin ich ihm wert.

Meine beiden kleinen Männer, die Hermann und Heinrich heißen, lassen sich aber auch nicht lumpen und kommen schnurstracks auf mich zugesprungen. Da hebt ein buntes Treiben an. »Hurra! Hurra!« sagen sie und klatschen vor Freude in die kleinen Händchen. »Die Mami hat heute Muttertag!«

»Du liebe Güte!« scherze ich, als die Kleinen mir zwei Geschenke überreichen, die recht liederlich eingepackt sind, worüber ich aber voll mütterlicher Güte hinwegsehe. »Das kann doch unmöglich für mich sein«, lache ich und packe aus.

Das eine ist eine gepreßte Rose, für die ich im Laden pro Stück heutzutage bereits 3,80 DM bezahlen müßte.

Das andere ist ein gepreßtes Kleeblatt. Ich zähle nach und stelle fest, daß es vier Blätter hat und ein Glücksbringer ist, den ich nicht brauche, weil ich der glücklichste Mensch auf der ganzen Welt bin, die ich umarmen möchte.

Der kostbarste Schmuck dieser Welt hätte mich nicht glücklicher machen können als diese einfachen Gaben aus Händen glücklicher Kinder, die mir gehören.

Ich bin sprachlos vor Glück und sage das allen.

Ich weine.

»Warum weint die Mami denn? Geht es der Mami nicht gut? Ist die Mami krank?« sorgen sich da Klein Hermann und Heinrich. Sie fragen, ob ich jetzt zum Doktor muß.

Ich weine nicht mehr.

Ich denke, daß Lachen und Weinen in einem Sack sind, aus dem nichts herauskommen kann, als was darin ist.

Ich lache wieder.

»Hurra! Hurra!« freuen sich Heinrich und Hermann und sind im Nu wieder putzmunter. »Die Mami lacht wieder! Die Mami ist wieder gesund!«

Wenn der Sack voll ist, bindet man ihn zu.

Ich muß nicht zum Doktor.

»Kinder!« lache ich. »Lachen ist doch die beste Medizin!«

Ich bitte Jürgen, meine Geschenke auf den im Wohnzimmer befindlichen Ruhesessel mit Litze und abnehmbarem Sitzbezug aus braunem Rindsleder zu drapieren, damit sie nicht zu übersehen sind.

Ich bitte Heinrich und Hermann, hübsch artig zu sein. Raufereien, sage ich, haben zu unterbleiben.

Ich bitte Jürgen mit zartem Nachdruck, für eine Weile ohne mich und Strohwitwer zu sein.

Ich bitte Jürgen, die Einbauküche aus klarlackierter Buche mit buchenfurnierter Füllung nicht zu betreten, in der ich mich bereits inmitten meiner mit Lebensmitteln und Hygieneartikeln im Wert von 267,40 DM gefüllten Einkaufstaschen befinde.

Ich bitte Jürgen, angesichts aller Liebe, die durch den Magen geht, zu berücksichtigen, daß ich mein Tagwerk am heimischen Herd zu verrichten habe.

Glück sei schön und gut, sage ich ihm, aber satt würden wir davon doch nicht werden.

»Raus aus meiner Küche!« drohe ich burschikos, denn ich weiß, daß zu viele Köche den Brei verderben und Ordnung das halbe Leben ist, das ich mir nicht von einem Mann durcheinanderbringen lasse.

Jürgen versteht mich gut und geht mit seinen und den einfachen Geschenken der Kinder, die mich glücklicher machen als jede Kostbarkeit dieser Welt, ins Wohnzimmer, um nicht nach mir, sondern fernzusehen.

Nicht umsonst haben wir das kostspielige Gerät mit OSD und TV-Wandhalterung erworben, die um 180° schwenkbar und um 25° neigbar ist.

Aus dem mit 3-D-Surroundsound und Kopfhöreranschluß versehenen Apparat ist die Stimme einer attraktiven Frau zu vernehmen, die nicht ich ist.

Ich ärgere mich, weil Frauen nur für die Küche da sein sollen und ihnen das halbe Leben vorenthalten bleibt, aber eigentlich ärgere ich mich nicht und unterdrücke etwas, was mich durcheinanderbringt.

Das ist die Geschlechterordnung.

Ordnung ist das halbe Leben.

Ordnung muß sein.

Ich räume ein.

Ich Tölpel, denke ich, als ich den Spargel, den ich sofort zubereiten werde, in den linken, oberen Hängeschrank meiner Einbauküche aus klarlackierter Buche mit buchenfurnierter Füllung legen will.

Ich nehme den Spargel wieder heraus.

Ob ich einmal das Dosengemüse dort oben hineinstellen soll, denke ich und finde, daß das ein sehr phantasievoller Einfall ist, der von Ideenreichtum zeugt.

Ich stelle das Dosengemüse einmal hinein.

Beim Einräumen meines beliebig kombinierbaren Küchensystems sind meiner Kreativität überhaupt keine Grenzen gesetzt, da es mir so viel Stauraum bietet, wie ich für mich und meine Männer niemals brauchen werde.

Ich habe genug Spargel für vier Personen gekauft. Ich lege die gesamte Menge auf meine Arbeitsplatte mit strapazierfähiger schwarzer Dekorleiste, die auch in Blau erhältlich gewesen, von meinem Mann und mir aber nicht erworben worden wäre.

Die jungen Triebe der circa einen Meter hohen Spargelpflanze werden bei uns in der Zeit von Mai bis Juni abgeerntet. Die Sprossen sollen fingerdick, voll und festköpfig sein, wobei den köstlichsten Teil der butterweiche, oft blau oder grün verfärbte, mit feinen Schuppen besetzte Kopf darstellt, der beim Kochen immer aus dem Wasser ragt. Ich serviere Spargel vorzugsweise mit gekochtem Schinken, der selbstverständlich von hoher Qualität und fettfrei sein muß, und einer sahnigen Sauce.

Beherzt ergreife ich ein rostfreies Edelstahlmesser und schäle die Stangen vom Kopf aus, wobei ich alle anstößigen Stellen mir nichts, dir nichts, aber doch großzügig entferne. Dann bade ich die beschnittenen Stangen in Zitronenwasser, damit sie sich nicht verfärben und unschön aussehen. Da das Auge mitißt, ist dies in jedem Fall zu empfehlen.

Ich ergreife ein universell einsetzbares und saugstarkes Schwammtuch, das, um der Umwelt zuliebe auf Konservierungsmittel verzichten zu können, trocken abgepackt wird, und fahre damit über meine Arbeitsplatte mit schwarzer Dekorleiste, die auch in Blau erhältlich gewesen, von meinem Mann und mir aber nicht erworben worden wäre. Ich entferne die abgeschnittenen Spargelstücke, indem ich sie in den Müll gebe, den ich nach Kompost, Papier, Glas, Plastik und Metall trenne, damit er erst in einem Ausland, in dem ich mich nicht aufhalte, wieder auf einen Haufen geworfen wird, den ich nicht vor Augen habe möchte, die mitessen.

Ein schöner Schlamassel, denke ich, als das mit Salz, Pfeffer und Zucker versetzte Wasser, das ich als erstes aufgesetzt habe, noch immer nicht kocht.

Verlorene Zeit kommt niemals wieder, denke ich, und beginne den Spargel zu bündeln. Als das Wasser kocht, stelle ich das Stangengemüse senkrecht in den Topf, wobei ich darauf achte, daß die Köpfe aus dem Wasser ragen, da diese sehr empfindlich sind und bei zuviel Hitze leicht Flüssigkeit verlieren und verschrumpeln.

Aus dem Hi-Fi-Stereo-Fernsehgerät mit Menüsteuerung dringt ein erregtes Streitgespräch.

Prima, denke ich, in zwanzig Minuten sind die Spargelspangen rundum mundfertig und zergehen auf der Zunge, die ich mir kurz darauf an der hellen Mehlschwitze verbrenne, welche ich mit ultrahocherhitzter Milch vermenge und aufkoche. Es wird nichts so heiß gegessen, wie es gekocht wird, freue ich mich, füge Salz, Pfeffer, Sahne und Zitronenaroma hinzu, schmecke ab und ziehe kurzentschlossen Schlagrahm unter die Sauce.

Ich drapiere den gekochten Schinken auf der geschmackvollen Zwiebelmusterplatte, die Teil eines vierundsechzigteiligen Zwiebelmusterservices ist, das ich von meinen Eltern geerbt habe. Ich lege regelmäßig auf ihr Gemeinschaftsgrab eine Blume, die es im Dutzend billiger gibt.

Ich breche das Grundnahrungsmittel Brot.

Ich berechne die verbleibende Spargelgarzeit mit sieben Minuten, die ich gut nutzen kann, indem ich im Wohnzimmer die Festtafel decke. Großer Tisch macht leere Speicher, lache ich innerlich, als ich meinem beliebig kombinierbaren Küchensystem, bei dessen Einräumung meiner Kreativität überhaupt keine Grenzen gesetzt sind, flache Zwiebelmusterteller, Zwiebelmusterschüsseln, Zwiebelmusterplatten, Silberlöffel, Silbergabeln, Silbermesser und Silberkellen sowie Edelkristallgläser für einen gehaltvollen Weißwein mit versteckter Blüte entnehme.

Aus dem Fernsehapparat, welcher über einhundert Senderspeicher und Teletext verfügt, sind zwei angenehme Männerstimmen zu vernehmen, die mich an meinen Vater erinnern, der mir bereits beim Spargelschneiden nicht aus dem frech frisierten Kopf wollte.

Des Vaters Segen baut den Kindern Häuser, denke ich, als ich das Geschirr auf ein Edelstahltablett mit Handgriffen stelle, deren rote Stoffbezüge abnehmbar und waschmaschinenfest sind.

Als ich das Wohnzimmer betrete, sehen sich Klein Hermann und Heinrich gerade eine stumme Szene im mit Baßverstärker und Front-AV versehenen Fernsehen an. Zu sehen sind zwei Männer, die sich unter Berührung ihrer Zungen küssen, wie ich auf dem Siebzigzentimeter-Flatsquarebildschirm gestochen scharf erkennen kann.

Ich habe meine Aufsichtspflicht verletzt.

Und schon sind die Kinder außenweltverseucht.

Jürgen liegt auf der Couchgarnitur aus braunem Rindsleder, deren Bezüge abnehmbar sind. Er schläft.

Dann höre ich einen Schrei.

Es ist mein eigener.

Ich erkenne es daran, daß alle mich ansehen statt den

Fernseher, der mit Euro-Scart-Buchse und Hyperband-Tuner ausgestattet ist.

Die Ferkelei auf dem superflachen Audiosensitivbildschirm geht weiter. Jetzt sehen die Männer einander in die Augen und behaupten auch noch höchst glaubwürdig, sich zu lieben.

Jürgen fackelt nicht lange und springt auf. »Kruzitürken!« ruft er und betätigt die Aus-Taste, obwohl er doch die handfreundliche Fernbedienung zur Verfügung gehabt hätte.

Im Nu ist die Welt wieder rosarot und in Ordnung.

»Aber Vati!« sagen da die beiden rotzfrechen Strolche. »Wir wollen das sehen!«

»Jetzt wird's mir aber zu bunt!« findet mein Mann und schlägt zunächst mit der Faust in die Gesichter, dann mit der Handkante auf Nacken und Wirbelsäule der Kinder ein, deren Gejammere erst verstummt, als sie in gekrümmter Haltung am Boden liegen.

Sie liegen regungslos.

Wie tot.

»Immer dem Vati hübsch rechtgeben«, rate ich Heinrich und Hermann und decke den Tisch.

Ein aufrichtiges Donnerwetter ist besser als ein falsches Vaterunser, denke ich, falte Servietten, entflamme ein Licht und nehme die Gedecke der Kinder wieder mit mir in mein beliebig kombinierbares Küchensystem aus klarlackierter Buche mit buchenfurnierter Füllung.

Eine gute Frau betet nur ein Vaterunser.

Ich gieße den Spargel ab, gebe ihn auf eine mittelgroße Zwiebelmusterplatte, die zu dem vierundsechzigteiligen Zwiebelmusterservice gehört, das ich von meinen Eltern geerbt habe. Ich lege regelmäßig auf ihr Gemeinschaftsgrab eine Blume, die es im Dutzend billiger gibt.

Ich gehe wieder ins Wohnzimmer.

Ich sehe, daß Jürgen die beiden Trotzköpfchen bereits in die Dunkelkammer gesperrt hat, die sich im Keller befindet.

Mein Mann setzt sich zu Tisch.

Ich setze mich zu Tisch.

»So!« lache ich. »Jetzt ist es endlich vernünftig gemütlich.«

»Guten Appetit«, lächle ich, und Jürgen lächelt ganz lieb zurück.

Wir haben keine Geheimnisse voreinander.

Deshalb nehme ich mir vor, Jürgen alles mitzuteilen, was mich in der Küche beschäftigt hat.

Die jungen Triebe der circa einen Meter hohen Spargelpflanze werden bei uns in der Zeit von Mai bis Juni abgeerntet, sage ich.

»Hört, hört!« sagt er.

Die Sprossen sollen fingerdick, voll und festköpfig sein, sage ich, wobei den köstlichsten Teil der butterweiche, oft blau oder grün verfärbte, mit feinen Schuppen besetzte Kopf darstellt.

»Aha«, sagt er.

Ich sage, daß dieser beim Kochen immer aus dem Wasser ragt.

»Was du nicht sagst«, sagt er.

Er ist sehr empfindlich, sage ich, und verliert bei zuviel Hitze leicht Flüssigkeit und verschrumpelt.

»Das möchte ich gerne einmal sehen, Liebling!« sagt er. »Du solltest es einmal darauf ankommen lassen.«

Jürgen küßt mich ganz lieb und legt eine Videokassette ein, damit wir den Muttertag mit etwas Schönem so richtig schön begehen können, und nicht mit den Schweinigeleien, die auf dem öffentlich-rechtlichen Bildschirm zu Kinderzeiten gezeigt werden.

Ein Wort gibt das andere. Wir reden angeregt über das VHS-Videogerät mit digitaler Spurlagenkontrolle und Quickstart-Laufwerk. Mein Mann, den ich verliebt wie ein Backfisch ansehe, sagt es, wie es ist. Er sagt, daß er mit der NTSC-Wiedergabe auf PAL-TV nicht zufrieden ist.

»Du liebe Güte!« sage ich.

»Ich liebe dich«, sagt Jürgen.

»Ich liebe dich«, sage ich.

Sagenhaft.

Das Gefühl, das mich durchströmt, ist wie ein unbezahlbares Kinderlachen und somit das schönste. Es fühlt sich an wie sechs Richtige mit Zusatzzahl im Lotto.

»Ich hab dich zum Fressen gern«, sage ich.

»Guten Appetit!« sagt Jürgen.

Ich gieße gerade etwas von der weißlichen Flüssigkeit, der ich unter ständigem Schlagen ein ganzes Pfund lauwarmer Butter beigemengt habe, auf Jürgens Stangengemüse, als Petra, Elke und Kitty zu verstehen geben, sie trauten sich nachts nicht allein auf die Straße. Sie seien erst vierzehn und noch nicht einmal aufgeklärt, sagen sie und setzen sich ebenfalls zu Tisch. Sie nähmen sich in acht vor fremden Männern in Trenchcoats, verweigerten die Einnahme von Süßigkeiten, die ihnen immer von Unbekannten angeboten würden, und stiegen in kein Auto, dessen fremder Fahrer ihnen nicht vorgestellt worden sei.

Auf meinen Teller tue ich nichts.

Ich esse bei Jürgen mit.

Kevin und Klaus kommen überraschend dazu und nehmen Petra, Elke und Kitty mit sich.

Ich fühle mich ganz leicht, als ich auf meine Geschenkberge sehe, die mein Mann auf den Ruhesessel mit Litze und abnehmbaren Sitzbezug aus braunem Rindsleder drapiert hat. Ich laufe den Berg wie auf Wolken hinauf, so sorglos fühle ich mich. Die Höhenluft tut mir gut. Befreit atme ich auf.

Kevin stößt seinen Penis in Petra, die schon ganz feucht ist. Klaus steckt seinen Penis in Petras Mund. Er kann ihn ihr gar nicht tief genug hineinstoßen. Noch nie ist es ihr so toll gemacht worden. Das Sperma an ihrem verschmierten Mund zieht Fäden, als sie spricht. »Super war das!« lacht sie begeistert.

Wie im siebten Himmel fühle ich mich.

Ich bin im siebten Himmel, der voller unbezahlbarer Geigen hängt, die von der Liebe musizieren, die mir geschenkt wird.

Ich blicke von meinem Pelzmantelolymp hinunter auf das muntere Treiben, das unter mir vollzogen wird.

Jürgen und ich sind wie die Turteltauben.

Elke und Kitty betteln, daß sie auch drankommen wollen.

Klaus stößt seinen Penis in Elke, die schon ganz feucht ist. Kevin steckt seinen Penis in Elkes Mund. Er kann ihn ihr gar nicht tief genug hineinstoßen. Noch nie ist es ihr so toll gemacht worden. Das Sperma an ihrem verschmierten Mund zieht Fäden, als sie spricht. »Super war das!« lacht sie begeistert.

Petra und Kitty betteln, daß sie auch drankommen wollen.

Ich breite meine Schwingen aus.

Ich entgleite.

Kevin stößt seinen Penis in Kitty, die schon ganz feucht ist. Klaus steckt seinen Penis in Kittys Mund. Er kann ihn ihr gar nicht tief genug hineinstoßen. Noch nie ist es ihr so toll gemacht worden. Das Sperma an ihrem verschmierten Mund zieht Fäden, als sie spricht. »Super war das!« lacht sie begeistert.

Petra und Elke betteln, daß sie auch drankommen wollen.

Aber jetzt bin ich dran.

Meine Zeit ist gekommen.

Etwas braut sich zusammen am Himmel, in dem ich bin. Ein Unwetter zieht heran. Ich bin gezwungen. Ich setze wieder zur Landung an, bis ich mich tief unten im Wunderland wiederfinde, wo man immer wieder Vatertag feiert.

Dort finde ich Jürgen.

Er bietet an.

Ich fasse die hinabhängende Stange mit Daumen und Zeigefinger meiner linken Hand an, die eben noch Flügel war. Der dunkelrot verfärbte Kopf ist in Sahnesauce getaucht. Ich führe den Leckerbissen zum Mund, während Petras, Elkes und Kittys Zungen über feuchte Lippen fahren, die halb offen stehen.

Ich fühle etwas Warmes, das ich reflexartig schlucke.

Es schmeckt nicht.

Es schmeckt nach nichts.

Ich mag es nicht, dabei habe ich es mit eigenen Händen vorschriftsmäßig zubereitet.

Petra, Elke und Kitty rühren nichts mehr an von dem, was vor ihnen steht.

Sie sind voll bis oben hin.

»Das war nicht gut«, sagt Jürgen und spult zurück.

Ich bin wieder in meiner Ausgangsposition.

Meine Flügel habe ich unterwegs abgelegt.

Es kann losgehen.

Ich fasse die hinabhängende Stange mit Daumen und Zeigefinger meiner linken Hand an, die eben noch Flügel war. Der dunkelrot verfärbte Kopf ist in Sahnesauce getaucht. Ich führe den Leckerbissen zum Mund, während Petras, Elkes und Kittys Zungen über feuchte Lippen fahren, die halb offen stehen.

Ich fühle etwas Warmes, das ich reflexartig schlucke.

Es schmeckt nicht.

Es schmeckt nach nichts.

Ich mag es nicht, dabei habe ich es mit meinen eigenen Händen vorschriftsmäßig zubereitet.
Petra, Elke und Kitty rühren nichts mehr an von dem, was vor ihnen steht.
Sie sind voll bis oben hin.
»Das war nicht gut«, sagt Jürgen und spult zurück.
Ich bin wieder in meiner Ausgangsposition.
Meine Flügel habe ich unterwegs abgelegt.
Es kann losgehen.
Ich fasse die hinabhängende Stange mit Daumen und Zeigefinger meiner linken Hand an, die eben noch Flügel war. Der dunkelrot verfärbte Kopf ist in Sahnesauce getaucht. Ich führe den Leckerbissen zum Mund, während Petras, Elkes und Kittys Zungen über feuchte Lippen fahren, die halb offen stehen.
Ich fühle etwas Warmes, das ich reflexartig schlucke.
Es schmeckt nicht.
Es schmeckt nach nichts.
Ich mag es nicht, dabei habe ich es mit eigenen Händen vorschriftsmäßig zubereitet.
Petra, Elke und Kitty rühren nichts mehr an von dem, was vor ihnen steht.
Sie sind voll bis oben hin.
»Das war nicht gut«, sagt Jürgen und spult zurück.
Ich bin wieder in meiner Ausgangsposition.
Meine Flügel habe ich unterwegs abgelegt.
Besser mit den Füßen fest am Boden als gestorben.
Es kann losgehen.
Diesmal geht es ganz schnell.
Alles Überflüssige wurde herausgeschnitten.
Ist das die Taste für schnellen Vorlauf?
Petra, Elke und Kitty haben das ganze Gesicht voll Sperma.
Es zieht Fäden, als ich spreche.
»Super war das!« lache ich begeistert.

»Kannst du denn überhaupt nicht genug kriegen! Du bist eine ganz schöne Sau!« sagt Jürgen. »Aber ich liebe dich trotzdem.«

»Ich liebe dich auch«, sage ich glücklich und freue mich über den gelungenen Muttertag, den gewiß nicht einmal meine eigene Mutter jemals schöner gehabt hat.

Obwohl.

Wer weiß.

Dann wird die Aus-Taste betätigt.

Es ist zu Ende.

Ich blicke ins Schwarze.

Für einen Moment sehe ich wieder in Farbe. Und klar. Vor mir liegt Martin. Sperma läuft ihm aus Nase und halbgeöffnetem Mund und tropft auf den Teppich. Auf einmal fängt er an zu kotzen. Er kotzt sich wirklich die Seele aus dem Leib. Er kotzt und kotzt und kann überhaupt nicht mehr aufhören.

Dann blicke ich wieder ins Schwarze.

VIII

Kurz vor Dienstschluß.

Jürgen, der seit Monaten an einem leichten, aber unberechenbaren Schwächegefühl litt, hatte eine Allergie gegen mich entwickelt.

Und an besagtem Tag keine Zeit für mich.

Die Allergie äußerte sich in außergewöhnlichen Hautrötungen und schuppigem Ausschlag, für den ich mich ganzkörperlich schadenersatzpflichtig fühlte. Ich verschrieb mir eine Schutzschicht gegen mich, damit die Distanz zu Jürgen nicht so unüberbrückbar würde wie die von mir zu mir selbst verspürte.

Es sollte keine eigentümlichen Berührungsängste auf seiner Seite geben. Ich würde Jürgen immer gehören.

Ich durfte ihn keinesfalls stören.

Wohin würde ich mit mir gehen?

Wir hatten acht verschiedene Seifen im Angebot, von denen mir zwei besonders therapiewürdig erschienen. Ich konnte mich jedoch nicht zwischen der mit Lanolin befetteten Spezialseife aus Neutralfetten bei extra schwacher Parfümierung und einer leichten Emulsion entscheiden, die einen feuchtigkeitsspendenden Hydro-Lipid-Komplex, schützendes Vitamin E sowie pflegendes Avocadoöl enthielt.

Diensteifrig verordnete ich mir, ihm beide Fabrikate im Vergleich vorzuführen.

Gewiß war es möglich, die Auswirkungen von Jürgens Abwehrreaktion mittels Anwendung eines Seifenfabrikates zu beseitigen. Aber nicht die Ursache.

Die Ursache war ich.

In meiner Vorstellung gab es keine Welt außerhalb von Jürgens Bedürfnissen.

Ich will nicht vorankommen.

Ich brauche ein Zuhause.

Ich warte auf Vater.

Er verbot mir, ihn anzufassen. Mich berührte das nicht. Ich spüre kaum noch etwas bei Körperkontakt. Seit einiger Zeit fühlten sich Gliedmaßen, die sich bei genauer Beobachtung immer wieder als meine erwiesen, taub an. Wenn ich hinsah, konnte ich erkennen, was meine Hände taten. Schloß ich die Augen, war alles taub und unempfindlich blutleer.

Immer öfter auch bei offenen Augen.

Körperliche Nähe ist nicht der einzig mögliche Umweg zueinander, wie ich es sehe.

Es gibt auch andere Formen der Kontaktaufnahme.

Jürgens Videokamera, ein überraschendes Geburtstagsgeschenk, das ich von meinem Lohn, den ich meiner Ansicht nach nicht verdiente, bezahlt hatte.

Der Tag wird nie von mir vergessen werden.

Der einhundertfache Super-Digital-Zoom der superkompakten Digitalvideokamera brachte mich Jürgen näher als das richtige Leben, in dem ich vorrangig alles falsch mache. Ich konnte sehen, wie sehr Jürgen hinter der mit Laser-Link und elektronischem Super-Steady-Shot versehenen Kamera inklusive Lithium-Ionen-Akku anfing, Entgegenkommen zu zeigen. Die Zukunft sei digital, sah ich ihn sagen, und um auch mir eine zu ermöglichen, werde er mir mittels Farbsucher und Bildstabilisator Kontur verleihen.

Ich gab alles, um gestochen scharf zu erscheinen.

Meine Unklarheit verbarg ich in mir.

Ich hatte gewußt, daß Jürgen dort nicht hinsehen würde.

Meine gesamte Kleidung legte ich auf Anweisung der

künstlerischen Leitung ab. Alles an mir war in Jürgens Hand. Nackt hatte ich Angst, die Fleisch- und Rißwunden im Hoden- und Analbereich meines Körpers würden das ästhetische Niveau des Bildmaterials verringern. Meine Augen waren damals gerade so stark zugeschwollen, daß ich, als ich auf mich herabsah, nicht einmal mit Sicherheit sagen konnte, wie sichtbar meine Verletzungen sich noch durchsetzten.

Ich habe bestimmt verboten ausgesehen.

Jürgen erteilte mir aber dennoch die Erlaubnis, mich von sich aufnehmen zu lassen.

Er sprach mit mir.

Er sagte mir, wie eindringlich er den feldforschenden Blick auf mich und meinen Fremdkörper auf dem LC-Color-Monitor liebe. Ich sei durch das mit achtzehn Überblendungsfunktionen und Photo-Mode versehene Auge der Öffentlichkeit als Video oder CD-ROM vorzeigbar und nachweisbar sein eigentümliches Geschöpf, das er nach seinem imperialistischen Menschenbild gestaltet habe. Er wolle gleichnishaft sprechen, sagte er. Zu diesem Bild unzivilisierter, möglicherweise thailändischer Erniedrigung könne der gestandene Mann von Finanzwelt sich seiner abendländischen Erregung vor dem mit Spurlagenkontrolle sowie handschmeichelnder Fernbedienung versehenen Videorekorder mittels Ejakulat entledigen.

Ich sei das perfekte Objekt, versprach er. Mein Körper sei kolonialisierbar.

Regierbar.

Penetrierbar.

Dankbar verspürte ich ein brennendes Stechen irgendwo unterhalb in meiner darüber hinaus tauben Anatomie. Vielleicht war das der Höhepunkt, zu dem ich nie vorgedrungen war.

Das Ejakulat, das ich sah, kam von Jürgen.

Dafür wurde er mehr von mir geliebt, als es mir möglich war. Erneut hatte er wieder einmal bewiesen, wieviel ich ihm wert war. Ich hätte alles für ihn geopfert.

Aber was?

Außer mir hatte ich nichts anzubieten.

Außerdem hatte Jürgen mir verboten, Opfer zu sein. Es sei alles eine Sache der Ansicht auf etwas, sagte er. Zum Opfer werde, wer sich entscheide, vor seinem Vergewaltiger zu wimmern. Wer sich aber unter demselben Vergewaltiger zu ejakulieren entschließe, werde zum Geliebten.

Wozu Opfer, wenn es auch anders geht, sagte er.

Mit Männern als Geliebten, wer braucht da noch einen Vergewaltiger, sagte er.

Ich bin kein Opfer.

Ich bin Objekt.

Wo er recht hat, hat er recht.

Für einen Moment vergaß ich meine Minderwertigkeit. Ich war nicht gegen mich, sondern für etwas, was ganzheitlich von Jürgen verkörpert wurde.

Doch als Jürgen die mit eingegebenem Schnittcomputer versehene Videokamera beiseite gelegt hatte, merkte ich, wie dramatisch ich aus dem Rahmen gefallen war, den er mir vorgegeben hatte.

Er sah mich an.

Es war das erste Mal, daß unsere Blicke sich trafen.

Das war der Tag, an dem die Allergie ausbrach.

Er konnte mich nicht ertragen, weil ich immer noch da war. Auch ohne die Kamera.

Ich war zuwenig, um gesehen zu werden.

Ich war zuviel.

Ich konnte seinem Blick nicht standhalten.

Er weinte.

Er tat mir so leid.

Ich machte den Mund auf.

Ich wollte etwas sagen.

Da schrie Martin.

Martin schrie.

Schon wieder, durchfuhr es mich. Im Privatleben, das ich nicht habe, war es ihm gestattet, soviel zu schreien, wie er wollte. Aber nicht in der Drogerie. Nie in der Drogerie, die ich zu verlassen genötigt war, da meinem Arbeitstag aufgrund von Ladenschlußgesetzen täglich der Todesstoß versetzt wurde.

Ich legte die Feuchtigkeitspflege, die das natürliche Feuchtigkeitsniveau der Haut verbessert, sowie die bakteriostatische Spezialseife aus Neutralfetten wieder an ihren Verkaufsort, der von der Blauäugigkeit des Käufers unmöglich übersehen werden konnte. Leider konnte ich sie Jürgen heute nicht mehr zeigen. Einmal im Monat bekam er Besuch von seiner Tochter.

An jenem Tag war dieser Tag wieder einmal. Er hatte mir jedesmal verboten, die Wohnung zu betreten, wenn seine Leibesfrucht, die nicht weit vom Stamm fallen sollte, ihre Zeit von ihm in Anspruch nehmen ließ. Er liebte sie. Ich verstand das. Auch noch, als ich mich verloren in meiner Junggesellenwohnung wiederfand.

Ich finde, ich bin abstoßend. Deshalb kann ich nicht mit mir allein sein. Ich ziehe es vor, zu zweit einsam zu sein.

Da betrat Harald den Laden.

Er sprach mit Martin.

Er lag in seinem Arm.

Der Schrei war augenscheinlich ein freudiges Erkennungszeichen zwischen den beiden.

Ein Zeichen billiger Aufmerksamkeit, das sie mir nicht zukommen ließen, hätten sie geschenkt haben können.

Ich bin nicht käuflich.

Ich dankte der Nachfrage, die nicht vorhanden war. Etwas in mir fühlte sich herabgesetzt. Als sei es außer sich.

Sie verließen den Laden.

Arm in Arm.

Ich schloß ab. Ich faßte den Beschluß, auf Jagd zu gehen. Entkommen schien ausgeschlossen. Ich verfolgte den allgemeinen Fortgang mit auf Harald gerichteten Adleraugen, war aber insgesamt zu sehr ins Abseits geraten, um erfassen zu können, was von ihnen gesagt wurde, wenn sie sprachen.

Sie sprachen gar nicht.

Sie sahen glücklich aus.

Nein.

Es kann nicht sein, daß das so einfach ist.

Sie entfernten sich immer mehr. Ich setzte ihnen schnellen Schrittes nach, konnte aber kaum folgen. Als sie sich auf eine Parkbank setzten, versteckte ich mich dicht hinter ihnen in einem Gebüsch. Ich war so nah, ich nahm ihren Atem wahr, der nach der scheuen Neugierde eines Murmeltieres roch, das noch halb in seinem Erdloch hockte.

Geschützt und doch begierig.

Ich wartete auf den himmelteilenden Wolkenbruch, der die zwei heimsuchen würde, doch alles, was ich fühlte, war die Gelassenheit eines südlichen Windes, der selbstverständlich davon ausging, Sonnenlicht mit sich zu führen. Er fuhr Harald durch das Haar. Ich spürte die wohltuende Fülle des Grüns um mich, das sich bedürfnislos mit dem begnügte, was es war. Es wollte nicht mehr werden. Deshalb wuchs es.

Schönheit ist eine Größe, die jedem paßt.

Ich blickte auf zur übervollen Sonne. Ich empfand sie wie eine Schwester. Beständig und ungefährlich.

Ein weihnachtliches Gefühl überkam mich, aber es war anders, als ich es bislang erfahren hatte.

Ich empfand ein Wohlgefühl.

Die Bestrafung für das Glück, das ich empfand, blieb aus.

Ich sah die Sonne an.

Ich wollte zu ihr. Ich erhob mich, und als mein Himmelskörper aufging, sah ich, daß er faszinierender war als der Mond auf seinem Höhepunkt. Ich ließ mich fallen. Ich landete sanft, und zum erstenmal spürte ich, daß die Erde mich trug. Die Erde trug mich, und ich begann zu schweben. Ich breitete meine Schwingen aus und wurde größer. Ich war Jupiter. Ich hatte Kraft. Ich war Mars. Vielleicht war sogar Pluto gut für mich. Mit mir schwebende Planeten schienen nicht Bedrohung, sondern Möglichkeit zu sein. Sie waren auf meiner Seite. Unwahrscheinlich vielleicht. Aber vielleicht auch wahr. Meine Wünsche waren absichtlich utopisch.

Ich begann.

Vielleicht würde ich nie irgendwo ankommen, aber ich wäre wenigstens auf dem Weg gewesen.

Wohin immer ich meine Sinne wendete, überall strömte bedingungslose Freiheit aus.

»Ja«, antwortete ich Harald da, »ich glaube, ich liebe dich auch. Ich mag dich sogar.«

Ich war sprachlos.

Eine unerträgliche Angst vor dem Tod erfaßte mich.

Harald und Martin faßten sich an ihren Händen und begannen fortzugehen.

Martin war zu weit gegangen.

Ich verstand das. Als handgreifliche Kampfansage.

Damals bin ich gerannt.

Als sie vor meiner Junggesellenwohnung ankamen, nahm ich mich der Angelegenheit an.

Sie waren außer Atem.

Ich plante einen Kinnhaken und traf Harald mitten ins Gesicht. Ich ließ Fäuste sprechen, damit er nicht fragen würde. Er hatte nichts gesagt, aber ich wußte, er würde fragen und eine Antwort erwarten. Die Wahrheit. Ich war sprachlos. Schlagartig wurde mir klar, daß ich keine Gewalt über Martin hatte.

Ich ging vier Stockwerke hinauf.

Ich schloß die Tür zu meiner Junggesellenwohnung auf.

Ich schloß die Tür zu meiner Junggesellenwohnung ab.

Ich schlug Martin in die Magengrube.

Er wehrte sich nicht, was meine Wut vermehrte.

Er sollte einmal sehen, wie es sich anfühlt, das Opfer zu sein, das ich nicht bin.

Ich stieß seinen Kopf gegen die Wand, bis er blutete. Seine unterdrückten Schreie erstickte ich, indem ich ihm sein Oberhemd in den Mundraum stopfte. Das Erbrochene, das ihm vielleicht hochkäme, würde von ihm geschluckt werden müssen. Die übrige Kleidung entfernte ich von seinem Leib. Wie ein Feigling versuchte sein erregungsloser Penis sich zwischen den Schenkeln zu verstecken. Ich ergriff ihn mit der linken Hand und schlug so lange mit einer Drahtbürste auf den Versager ein, bis die aufgeschürfte Eichel mehrfach platzte und blutete. Er urinierte unkontrolliert. Immer wieder war ein Wimmern zu hören. Wie von einem Tier.

Als ich auf seine Hoden einzuschlagen begann, brach er zusammen. Ich sah ihn vor mir auf dem Bauch liegen, eine Blutlache lief aus ihm heraus.

Dieses Arschloch.

Ich führte einen Besenstiel in ihn ein. An seinen Zukkungen spürte ich, wenn ich gegen die Darmwand stieß. Ich stieß dann noch einmal zu.

Dann führte ich eine Schere in ihn ein.

Ein Lineal.
Einen Schraubenzieher.
Ein stumpfes Messer.
Löffel, Gabel. Alles, was mein Haushalt zu bieten hatte. Ich griff nach diversen Flaschen.
Ich fand Gefallen an der Abwechslung. Ich hoffte, daß Martin alles bewußt miterlebte. Seinem Winseln entnahm ich, daß er das tat.
Dann führte ich eine der Flaschen in ihn ein. Der Hals fand ohne weiteres Eingang, aber als ich den bauchigen Teil wieder aus seinem Anus herauszog, war er mit Blut und Kot beschmiert.
Es hörte gar nicht mehr auf, aus ihm herauszulaufen.
Diese Drecksau.
So sollte Harald seinen Geliebten einmal sehen, der dalag und einfach nicht aufhören konnte zu atmen.
Ich wollte auch nicht, daß er aufgab.
Küß mich! Küß mich! dachte ich.
Ich war voller Haß und Verachtung.
Ich sah auf ihn herab. Ich dachte nach. Was war daran liebenswert? Ich dachte an die angestochene Wahrheit, die in Lachen aus ihm herauslief. An seinen Charakter, der mit aller Gewalt an den Jüngsten Tag kam.
Ich fragte mich, ob die Seele so etwas überlebte.
Vielleicht blieb die Seele von all dem unberührt. Nichts konnte ihr etwas anhaben. Liebe nicht. Schläge nicht. Das Leben nicht.
Die Seele.
Ich wollte sie sehen.
Ich schlug weiter auf ihn ein. Ich schlug und schlug und schlug.
Alles, was ich sah, war Blut.

IX

Der zehnte Tag des Junimonats.

Wird das Glücksrad aufhören, sich zu drehen?

Ich hoffe nicht.

Ein denkwürdiger Tag.

Mutter schläft.

Ich sehe Teletext.

Seite eins. Mehrere Millionen Fernsehzuschauer sind zugunsten einer Verlängerung der beliebten Fernsehsendung »Rad des Glücks« auf die Barrikaden gegangen. Der Sender wiederum überlegt, die Gameshow aufgrund nicht genannter Gründe aus dem Programm zu nehmen.

Ich bin verzweifelt.

Seite zwei und drei. Ich lese weiter, daß die jüngst formierte Bürgerinitiative »Rad des Glücks« zuversichtlich in eine Zukunft blicke, in der weiterhin täglich die Chance zum finanziellen Hauptgewinn bei gleichzeitiger Bewunderung durch ein Massenpublikum besteht.

Wir sind das Volk, lese ich auf Seite vier. Ich werde in einem großformatigen Slogan aufgefordert, Widerstand zu formulieren, kaputtzumachen, was mich kaputtmacht, aufzustehen und für das »Rad des Glücks« auf die Straße zu gehen.

Ich lese das unter Tränen.

Seite fünf. Mir wird mitgeteilt, daß noch jede Veränderung und historisch bedeutsame Umwälzung beim kleinen Mann, aus dem sich die Gemeinschaft des Volkes zusammensetze, angefangen habe. Beispielhaft angeführt werden in diesem Zusammenhang die Fischweiber der

Französischen Revolution sowie die Bauernaufstände der frühen Neuzeit. Es müsse endlich Schluß sein mit der Zensur im öffentlich-rechtlichen Fernsehen und der Entmündigung der Massen, die wegen »Rad des Glücks« eine Volksabstimmung fordern, damit endlich einmal der Wille des Volkes geschehe, der darin bestehe, daß sich das »Rad des Glücks« auf ewig weiterdreht.

Darüber fallen Freudentränen von mir.

Freie Sicht für freie Bürger, lese ich auf Seite sechs. Ich lese vom Kampf für eine Welt, in der das Volk bestimmt, was es sehen will. In der das Volk bestimmt, was es will. Gameshow oder Revolution: die Mächtigen hätten nun die Wahl.

Die Tür fällt ins Schloß.

Ich habe keine andere Wahl.

Ich schalte ab.

Ich springe hoch.

»Da ist ja unser Weltenbummler schon«, rufe ich freudig vom Ende des Flurs. »Hurra! Hurra! Vati!« sage ich artig und beginne, einen lustigen Ringelreigen um meinen Vater herumzutanzen. Ich kann mein Glück nicht für mich behalten. Ich bin eine Frohnatur. Ich weine vor Glück.

»Du hast mir ganz, ganz doll gefehlt«, sage ich da ganz lieb, und eine heitere Besinnlichkeit breitet sich aus, denn Kindermund tut Wahrheit kund.

Ich umarme Vater.

»Holla!« ruft da mein Vater und trennt mich von ihm. »Das wird mir aber bald zu wild! Laß mich doch wenigstens meinen Mantel ablegen!«

Nie ist Vater da. Guterzogene Teile meiner Persönlichkeit sehnen sich danach, ihn anzufassen.

Meine Haut auf seiner ist der Beweis eines menschlichen Daseins, das meines ist.

Ich gebe Vater einen Zungenkuß.

»Na, na, na«, sagt Vater da, »mein lieber Freund und Kupferstecher! Wenn die Katze aus dem Haus ist, dann tanzen die Mäuse, ich weiß schon. Aber ab jetzt wird sich benommen!«

Hurra!

Vater ist wieder da!

Ich fasse es nicht.

Ich lasse ihn zu Mutter und ihm ein belebendes Bad ein, wie es stets von mir getan wird, wenn ich Vater besuche.

Ist das wirklich Vater gewesen, überlege ich, als ich am Badewannenrand stehe. Ich habe sein Gesicht gar nicht gesehen, so schnell hat sich alles ereignet, nachdem er eingetreten ist. Aber ich erinnere mich an seine Stimme, die eine gewisse Ähnlichkeit mit dem eindringlichen Organ meines Vaters hat. Tief drinnen in mir atmet etwas auf, das nicht totzukriegen ist. Bestimmt ist es Vater.

Wenn das da draußen nicht Vater ist, was bin dann ich?

Darüber denke ich nicht nach.

Ich freue mich wie ein Kind und wähle zwischen einem Lindenblüten- und einem das allgemeine Wohlbefinden erhöhenden Rosmarinschaumbad, das für Säuglinge und Kleinkinder nicht geeignet ist, und entscheide mich für das leicht wasserlösliche, völlig wannenreine Lindenblütenbad, das Vater so gerne hat wie ich ihn. Es soll, um einer mißbräuchlichen Verwendung wie Schlucken vorzubeugen, unbedingt außerhalb der Reichweite von Kindern aufbewahrt werden. Die unverbindliche Empfehlung des Herstellers lautet, für ein belebendes Vollbad die abschraubbare Verschlußkappe der Flasche zu zwei Dritteln zu füllen. Für erfrischende Waschungen genügen allerdings bereits wenige Spritzer in das 34–38 Grad heiße Wasser, von dem ich ausreichend habe einlaufen lassen, weshalb es jetzt frischweg von mir abgedreht wird.

Für die zukünftige Gegenwart beginne ich einen Entwurf auszuarbeiten, in dem ich Vaters Lieblingskind bin.

Geschwister habe ich nicht.

Ich freue mich auf meine Kindheit, die rückblickend meine schönste Lebenszeit gewesen sein wird.

Der Badespaß wird im vorgeschlagenen Idealfall zwanzig bis fünfundzwanzig Minuten betragen. Danach werden sich Ruhe und Gelassenheit des Hineingelegten auf dem Höhepunkt befinden.

Ich bin bereits ganz ruhig.

Ich habe das große Los gezogen.

Ich verkörpere den Hauptgewinn.

Das Horoskop meiner Lieblingsillustrierten besagt, daß Jungfrauen jetzt ihren Traumpartner finden.

Ich bin Jungfrau.

Glaube ich.

Meine im Wannenbad auf- und abfahrende Hand erschaudert vor spermafarbigen Schaumbergen.

Ich empfinde Vorfreude.

Vor lauter Vorfreude wird Angst in mir ausgelöst.

Sonst empfinde ich nichts.

Taub.

Mir macht das nichts aus. Der sexuelle Reiz liegt schließlich nicht im Verspüren, sondern im Anblick einer Berührung.

Der sexuelle Reiz ist ausschließlich optisch.

Ich habe Augen, um gesehen zu werden.

Wenn mich einmal einer ins Visier nimmt, muß es einfach automatisch zum Abschuß kommen.

Ich bin die Zielscheibe.

Der Hauptpreis, der dem Sieger verliehen wird.

Ich gehe verloren, wenn ich nicht gewonnen werde.

Ich lege meine Kleidung, die auf Vaters Geschmack, der nicht meiner ist, abgestimmt ist, in vernünftiger Reihenfolge ab, zusammen und beiseite.

Ich habe keinen Geschmack.

Ich ignoriere mein Spiegelbild.

Widerstandslos gleite ich in das spermafarbige Wasser, weil ich weiß, daß mich dort eine saftige Überraschung in Form von Vater erwartet.

Ich nehme mir nicht die Freiheit zu überlegen, ob ich dort sein will. Ich denke nicht nach. Ich bleibe bei meinen Leisten. Sonst würde ich mich nicht entscheiden können und außer mir sein.

Ich würde nicht wissen, wo ich bin.

Ich bleibe in meiner Kindheit, in der ich von Vater nicht gesucht, aber immer wieder gefunden werde.

Ich werde da sein, wo Vater mich erwartet.

Meine Haut beginnt aufgrund der hohen Wassertemperatur feuerrot zu werden. Offene Stich- und Fleischwunden an After, Penis, Oberschenkel und Bauch bringen sich mir durch unerträglich starkes Brennen in Erinnerung.

Ich schreie nicht, obwohl mir danach ist.

Ich weine.

Meine Taubheit hat aufgehört.

Augenblicklich werden die Zeiten der Gefühllosigkeit von mir wieder zurückgewünscht, in denen es weder Schmerz noch Panik gab.

Angst vor dem Tod habe ich immer gehabt.

Vater ist wieder da.

In meinem Horoskop, das ich meiner Lieblingsillustrierten entnommen habe, heißt es, ich habe eine ebenso positive wie erotische Ausstrahlung, die Sonne im Herzen sowie Merkur und Mars auf meiner unverbrauchten sowie heiratsfähigen Seite. Ich treffe dann ganz überraschend den Traumpartner, der kein Schaumschläger ist und mit dem ich mich auf einer Wellenlänge befinde. Ich werde aufgefordert, mit tatkräftiger Unterstützung von Jupiter zum Dream-Team der Sterne zu werden. Wenn ich es irgendwie einrichten kann, soll ich mit meinem spritzigen Traumtyp, den mir der wolkenlose Himmel per Eilpost schickt, doch unbedingt einen spitzenmäßigen Kurztrip einlegen, zum Beispiel zum Wellenreiten oder zu sonstigem Wassersport, denn ich bin nicht nur topfit und jungdynamisch, sondern auch angesagt und am Drücker! Mein kindlicher Charme läßt mich dank des Liebesplaneten Venus überall ankommen, und auch beruflich habe ich eine Topwoche der Superlative, in der ich offen für alles sein soll, und einen harten, aber dennoch entgegenkommenden Vorgesetzten vor mir.

Vater steht in der Tür.

Noch ist sie offen.

Ein großes, schwarzes Loch.

Ich habe das Gefühl zu fallen. Grundlos ergreift bodenlose Panik Besitz von mir, intensiv wie die Empfindungen, die ich als Kind hatte, wenn ich nachts von Vampiren, Werwölfen und anderen Ungeheuern gefoltert wurde, die sich bis zum Einbruch der Dunkelheit unter meinem Bett versteckt gehalten hatten, um mich in ungeschützten Augenblicken in Stücke zu reißen.

Wo war mein Vater, wenn das passierte?

Ich halte mich am Badewannenrand fest.

Ich mache kein Aufheben um meinen obengenannten Gedanken, der mir zum Glück rechtzeitig entfallen ist.

Ich kann ohne die Liebe eines Vaters nicht leben.

Vor langer Zeit muß etwas in mir gestorben sein.

Angst ist nur eine Reaktion auf etwas.

Was war vorher da?

Ich erinnere mich nicht an früher. Mein Blick zurück fällt ins Nichts, eine Kategorie, die mir bekannt ist.

Ich bin dankbar für meine Angst.

Ich fühle wieder.

Ich habe den Mann fürs Leben gefunden, und der Mann, der mir das Leben gegeben hat, hat zu mir zurückgefunden.

Mehr begehre ich nicht.

Ich sehe zu, wie Vater mich keines Blickes würdigt, während er seine Reisekleidung ablegt.

Er steht vor mir und sieht mich mit seinen farb- und wimpernlosen Augen an, die in einem flächigen, verquollenen Gesicht versinken, das aussieht, als würde er niemals erwachen. Sein rotblondes, dünnes Haar, das auch auf der Brust vereinzelt sprießt, klebt aufgrund der hohen Luftfeuchtigkeit im Nacken, der eigentlich nicht vorhanden ist. Der Kopf scheint bei Vater übergangslos in den Körper zu münden, der mit einer rosigen, wundgescheuerten Haut mit Tendenz zu Neurodermitis überzogen ist.

Ich sehe genauer hin.

Jetzt steht Vater gänzlich ausgezogen da. Ich sehe seinen Bauch, hinter dem er wie in einem Versteck verborgen ist. Diese Fleischmassen verdecken sein Geschlecht vollständig, doch als er ein Bein hebt, um in die von mir mit einem leicht wasserlöslichen und völlig wannenreinen Lindenblütenschaumbad gefüllte Badewanne zu steigen, kann ich es sehen.

Ich sehe genauer hin.

Ich erblicke einen unterhalb eines rotblonden Schamhaarschopfes befindlichen Penis vor in Säcke gehüllten Hoden von ungeheurem Ausmaß, die hin- und herschwingen.

Sein Glied ist klein und verschrumpelt wie Fallobst.

Ich hoffe, daß mir etwas im Mund zusammenlaufen

wird, was ich schlucken kann, damit es mir nicht hochkommt.

Ich bekomme Appetit auf etwas Süßes.

Einen richtigen Heißhunger.

In meiner Vorstellung kann ich den Mund gar nicht voll genug bekommen. Ich verschlinge das überreife Fleisch einer südlichen Frucht, für die ich teuer bezahlen werde. Ich fühle den fremden Saft meine Mundwinkel hinunterrinnen. Er hört überhaupt nicht auf zu laufen, abgrundtief hinten meine Zunge hinunter. Ich habe keine Vorbehalte oder gar Unbehagen. Ich schlukke alles, was wärmer ist als der Nordwind meiner Kindheit. Die fleischige Frucht wird restlos von mir verschluckt. Ich lecke mir die Finger nach ihr. Tief unten im kindgerechten Spielzeugparadies ersticke ich daran und sage »vielen Dank«. Ich tobe durch meine gute Kinderstube. Mein innerster Wunsch ist, zu einem Kern vorzudringen. Zu irgendeinem. Irgendwo tief unten, tief drinnen muß etwas sein, das nicht nichts ist. Irgendwo. Irgend etwas Bleibendes. Ich werde verrückt bleiben, wenn ich es nicht finde.

Vater schweigt.

Ich weiß, er ist es nicht.

In ihm werde ich nicht fündig werden.

Ich werde ihn einseifen.

Mein Penis hat sich versteift.

Vater sagt nichts. Ich sage nichts. Sprache schafft nur Fragen, die ich nicht zu stellen habe. Alles, was Sprache erzeugt, ist Unklarheit. Sie steht wie ein Hindernis zwischen uns.

Ich überspringe es nicht.

Ich sage nichts.

Ich frage mich nicht, warum das so ist.

Nach vier Monaten will ich endlich wieder mit Vater schlafen.

Ich greife nach einer Seife und entscheide mich für das mit Lanolin befettete Spezialprodukt aus Neutralfetten bei extra schwacher Parfümierung.

Vaters rosiger Oberkörper liegt zwischen meinen Beinen. Seine Brustwarzen sind hart. Sein Kopf ruht auf meiner Brust. Das Schwergewicht seiner Persönlichkeit drückt mich gegen die Badewannenwand.

Ein erregendes Gefühl, bewegungsunfähig zu sein.

Seine Augen sind geschlossen, so daß ich nicht sagen kann, welche Farbe sie haben. Er liegt einfach so da und atmet und ist mir ausgeliefert. Vater in meinem Arm. Ich registriere das fruchtbare Gefühl, ihn gerade geboren zu haben.

Mein schwerer Penis schlägt gegen sein Rückgrat. Ich überlege, ob ich ihn in meinen Vater einführen soll, bevor dieser aufwächst, ein Mensch zu werden versucht und mir nicht mehr gehört.

Das ist ein Gedanke.

Die Gegenwart ist anders.

Noch liegt er da, der Vater, den ich gerade geboren habe. Ich höre seinen tiefen Atem, der mir nah und ungreifbar ist. Er gehört mir. Ich kann mit ihm machen, was ich will. Ich reibe mich an meinem Eigentum und erinnere mich an den Geschmack seines dickflüssigen Samens, an dem ich als zweijähriges Kind fast einmal erstickt bin.

Die Erinnerung erregt mich.

Die mit Lanolin befettete Spezialseife aus Neutralfetten bei extra schwacher Parfümierung gleitet über Vater.

Sein steifer Penis erscheint an der Wasseroberfläche. Die glutrote Eichel ist von Vorhaut freigelegt und blickt um sich wie ein periodisch aus seinem Erdloch auftauchendes Tier mit Albinoaugen.

Sein Penis ist nicht so groß wie meiner.

Ich habe Mitleid mit dem Kleinen.

Ich seife das Tier ein.

Es weint.

»Halt!« Etwas wimmert. Und es wimmert mit der Stimme meines Vaters. »Verdammt nochmal! Hör auf. Du tust mir Gewalt an.«

Ich verstehe nicht, was er meint.

»Wie kannst du so etwas sagen.« Ich denke angestrengt über eine angemessene Reaktion nach, während ich meine Worte nicht abwäge. »Ich liebe dich.«

Ich verstehe mich selbst nicht, so unklar ist, was ich sage.

»Nein. Verdammt nochmal! Du tust mir Gewalt an. Ja!« Noch nie hat mein Vater sich so angehört. Oder ich habe nicht zugehört. »Dein Verhalten hat nichts mit Liebe zu tun. Nein. Du liebst mich nicht. Du tust mir Gewalt an! Ja! Von Liebe kann nicht die Rede sein!«

Es verschlägt mir die Muttersprache, die ich nie zur Verfügung gehabt habe.

Wortlos warte ich.

Vater erhebt sich. Auf seinem Penis winden sich prallgefüllte Adern wie Würmer.

Ich sehe ihn an. Er sieht alt aus. Wie ein altes Kind, das ich bin. Ich ertrage es nicht, daß Vater wie ich ist. Ich liebe mich nicht.

Nein, er könne sich nicht verzeihen, daß er sich nicht entschieden gegen mich gewehrt habe. Ja, aber was hätte das schon gebracht, klagt Vater, sich gegen mich zu wehren. Wahrscheinlich wäre ich nur noch brutaler geworden. Ja, und dann wäre es ewig so weitergegangen, daß ich ihn gezwungen hätte, seinen eigenen dreijährigen Sohn anal zu vergewaltigen oder in den Mund seines eigenen Sohnes zu ejakulieren, der schon mit zwei Jahren versucht habe, ihn zu verführen. Vater sagt, er sei machtlos gegen mich gewesen. Ja, jedes zweijährige

Kind habe die Gabe, einen erwachsenen Mann um den Finger zu wickeln. Ich hätte meinen Sex bewußt zu diesem Zweck eingesetzt. Ich hätte ihn verhext und seine Gefühle verletzt, sagt Vater, ja. Und ich wisse das auch.

Nein.

Ich weiß von nichts, aber ich ahne, daß ich mich falsch verhalten habe.

Wenn etwas vorgefallen ist, habe ich es insgesamt mir vorzuwerfen.

Alles, was vorfällt, fällt auf mich zurück.

Richtig.

Ich glaube, das sehe ich richtig.

Vater hat sich vor Ablauf der empfohlenen Badezeit von zwanzig bis fünfundzwanzig Minuten aus der Wanne gewunden und trocknet seinen tropfenden Körper mit einem Frottiertuch von schwerer, hochwertiger Qualität.

Früher habe ich das für ihn getan.

Ich kann seine Angst vor mir spüren.

Ich bin irritiert. Ich hielt Angst für mein Gefühl.

Ich bin froh, früher nichts von väterlicher Fehlbarkeit gewußt zu haben. Die Angst, die dieses Wissen in mir ausgelöst hätte, würde ich nicht überlebt haben.

Er sagt, nein, er werde nicht mehr schweigen. Es sei vorbei. Er werde nicht mehr mit dem Mißbrauch leben, den ich an ihm ausübe. Nein, er werde überleben. Mich überleben. Ja, er habe siebzehn Jahre gebraucht, den Mut zu dieser Gegenüberstellung zu finden. Früher habe er die Erlebnisse mit mir lange nicht als Mißbrauch definiert, der Mißbrauch sei ihm noch zu gegenwärtig gewesen, um von ihm als solcher erkannt zu werden, und er habe Angst vor dem Täter gehabt, der ihn dazu gebracht habe, keinem Menschen etwas über den Mißbrauch zu sagen. Das aber habe er jetzt getan. Ja.

Erst später bemerke ich, daß ich der Täter bin, um den Vaters Rede kreist.

Der staatlich geprüfte Psychiater, der ihn während des viermonatigen Kuraufenthaltes analysiert und geführt habe, ist nach eingehender Betreuung davon überzeugt, ja, mein Vater ist Opfer sexueller Gewalt, Opfer eines sexuellen Mißbrauchs.

Ich bin der Sohn.

Mein Vater ist das Opfer.

Vater ist wie ich.

Ich bin Täter.

Ich bin nicht wie er.

Ich fühle mich schuldig für diesen Gedanken, mit dem ich mich von Vaters Spielfeld entferne. Ich verwerfe ihn umgehend ins gegnerische Lager und befördere mich ins Aus.

Auf dem Weg dorthin gehe ich regelrecht verloren und finde nicht zurück, da ich nicht weiß, wo meine Ausgangsposition ist.

Ich liege zurück.

Ich bin rettungslos verloren.

Ich höre, wie Vater sagt, ja, seine Persönlichkeitsanalyse habe polysymptomatische Neurosen wie dissoziative Reaktionen, hierbei insbesondere hysterische Dämmerzustände, ergeben. Ebenso Amnesien in Verbindung mit Bewußtseinsstörungen, sage sein staatlich geprüfter Psychiater.

Mein Vater geht zu einem Psychiater.

Ich habe ihm das angetan.

Ich tauche ein in das tiefe, spermafarbige Wasser erdrückender Schuldgefühle.

So nicht, nein. Auffällig seien paranoide und hypochondrische Züge meines Vaters sowie chronische, diffuse und frei flottierende Ängste, sich äußernd in sexueller Deviation mit verschiedenen perversen Tendenzen wie homosexueller Promiskuität und anderen Triebzielen, zum Beispiel Urinieren und Defäkieren, und gelegentlichem Auftreten sexueller Dysfunktionen, sage sein staatlich geprüfter Psychiater.

Ich sinke unter Wasser. Ich bin unter Wasser. Ich bin unsichtbar. Fragmente von Wörtern sind zu hören, und die Gestalt meines Vaters zeichnet sich schemenhaft ab, als löse er sich in etwas Ungefährliches auf. Ich fühle mich frei und leicht, von mir selbst abgelegt. Ich lasse mich treiben. Die Schuldgefühle, die ich deshalb empfinde, drücken mich tief unter den Wasserspiegel.

Wann höre ich auf zu atmen?

Wieder eine Frage, auf die ich keine Antwort habe.

Am akutesten, sagt mein Vater, seien aber Sucht- und Suizidalgefährdung, seine extreme emotionale Labilität bei gleichzeitig depressiv-masochistischer Charakterstruktur und gestörter Über-Ich-Integration. Ja, all das beweise eindeutig und zweifelsfrei den ungerechten Opferstatus meines Vaters, der gesetzeswidrig sei und empfindlich hoch bestraft gehöre, sage sein staatlich geprüfter Psychiater.

Vater hat einen Opferstatus.

Ich tauche überhaupt nicht mehr auf.

Aber Martin ist da. Sein schöner, straffer Oberkörper ragt aus dem Wasser.

Noch nie zuvor habe ich gesehen, wie schön er ist.

An der Hand meines Vaters habe ich mich für unsinkbar gehalten. Ich habe mich treiben lassen. Aber das ist vorbei.

Ich habe versagt.

Martin masturbiert. Sein erigierter Penis steht groß und majestätisch und weist himmelwärts wie der stolze Hauptmast eines alten, längst vergessenen Schiffes, das einen kostbaren Schatz in sich birgt, der der Menschheit verlorengegangen ist. Er wächst unter den wellenschlagenden Bewegungen seiner Hand fast bis an die mit Schaumkronen bedeckte Wasseroberfläche heran.

Ich bin das Kind.

Er muß irgendwann ein Mann geworden sein.

»Dir hat das gefallen, du Arsch. Du hast damit angefangen«, höre ich Martin meinem Vater sagen.

Ich höre, wie mein Vater sich aufregt, welchen Ton Martin sich ihm gegenüber anzuschlagen erdreiste.

»Es geht dich einen Dreck an, wie ich mit dir rede.« Martin sagt, was ich denke. Ich fühle, wie seine Hand, die immer entschlossener seinen Penis entlangfährt, die See in Bewegung setzt. »Was heißt sexueller Mißbrauch? Was heißt sexuelle Gewalt?« fährt Martin fort und fordert meinen Vater auf, sich nicht aufzuregen. »Es ist normal, daß Vater und Sohn Sex miteinander haben. Es ist die Regel und nicht die Ausnahme. Ich werde mich nicht für etwas rechtfertigen, was so weit verbreitet und von der Allgemeinheit akzeptiert ist. Hör auf, von Mißbrauch zu reden! Es ist nicht Mißbrauch, es ist nicht die Ausnahme, es ist normal! Millionen Täter können nicht falsch liegen!«

Vater weint.

Er ist nur einen Steinwurf von mir entfernt.

»Ich mache mit dir, was ich will«, sagt Martin. »Und es gefällt dir, was ich mit dir anstelle! Du brauchst mich, du Drecksau! Du stehst auf mich. Gestehe, daß es dir gefallen hat, du Arsch, du Familienvater, Versager.«

Martin nennt meinen Vater einen Versager.

Ich liebe meinen Vater.

Ich habe alles für ihn getan.

Mein aktiver Einsatz hat mich zum Täter gemacht.

Mein Vater gesteht unter Tränen, ja, daß es ihm selbstverständlich nicht gänzlich mißfallen habe, was vorgefallen sei. Es sei doch schön zu erleben, wie jemand heranwächst, der erste Zungenkuß, der erste Oralverkehr, der erste eingeführte Finger, der erste Analverkehr, dann das Ausfallen der Milchzähne, später der erste Samenerguß des Elfjährigen. Nein, aber damit sei jetzt Schluß, denn er liebe mich, und es sei zuviel für ihn, sagt Vater, daß ich so kalt sei und den eigenen Vater verachte, der mir das Leben gegeben habe, ja. Ich hätte immer nur mein kindliches Recht auf Geschlechtsverkehr in die Tat umgesetzt, aber er als Vater sei von mir nie gefragt worden, nein, obwohl auch er als Erwachsener das Recht habe, nein zu sagen, ja. Mein Verhalten käme einer gesetzeswidrigen Vergewaltigung gleich, dessen Opfer er sei, sage sein Psychiater, sagt Vater. Und als Beweis für meine Grausamkeit wolle er anführen, daß ich mit einem gewissen Jürgen zusammenlebe, der Drogeriebesitzer sei, und damit erneut bewiesen hätte, daß ich den Gefühlen meines eigenen Vaters gegenüber gleichgültig sei, den ich in den vier Monaten seiner Abwesenheit einfach durch einen anderen Mann ersetzt hätte, um ihn vorsätzlich zu verletzen. Ja. Zum zweitenmal sei hier der Vater Opfer seines Sohnes.

Nein.

Er weiß von Jürgen.

Ich hatte nicht gewagt, es Vater zu sagen.

Vermutlich weiß er es von Mutter.

Ich muß etwas tun. Ich muß zu ihm sprechen. Doch als ich versuche, an die Oberfläche zu gelangen, werde ich von Martin auf den Wannenboden zurückgestoßen.

Sein gewaltiges Glied wird immer aggressiver von ihm gerieben.

Ich trete vergeblich um mich. Martin wehrt mich mit der erschreckenden Kraft eines Mannes ab, dem die Welt zu klein geworden ist.

Es gibt nicht genügend Platz für uns beide.

Es muß möglich sein, Martin zu beseitigen, denke

ich, und schlage um mich. Ich treffe ihn hart in den Magen und spüre die Berührung am eigenen Körper.

Der Schmerz ist unerträglich.

Trotzdem schweigt das Schwein nicht.

Es schreit.

»Du widerliche alte Drecksau!« schleudert es Vater ins Gesicht. »Du schiebst die Verantwortung nicht mehr auf mich ab. Mich ekelt vor dir, du Kinderficker, du Sau, du feiges Schwein. Du bist der Täter!«

Seine Stimme überschlägt sich fast, als er das sagt.

Ich schäme mich.

Ich verstehe, daß Vater ihn ablehnt.

Er ist unausstehlich.

»Du liebst mich nicht!« Es brüllt aus ihm. Er umklammert sein Glied mit beiden Fäusten.

Ich springe auf. Endlich schaffe ich es, Oberwasser zu haben. Ich stelle fest, daß Vater bereits vollständig angezogen vor mir steht. Das schwere Frottiertuch von hochwertiger Qualität ist von ihm beiseite gelegt worden. Er trägt die Reisekleidung, die er vorher abgelegt hat. Ich traue mich nicht, ihm in die Augen zu schauen, von denen ich nicht weiß, welche Farbe sie haben. Ich bin sicher, daß ich seinem Haß nicht gewachsen sein werde. Erst muß ich das Chaos beseitigen, das Martin verursacht hat. Doch bevor ich vermittelnd eingreifen kann, schreit dieser schon wieder, daß Vater ihn nicht liebe.

Das ist der Höhepunkt.

Sein Samen schießt im Überfluß weit über den Badewannenrand hinaus auf Vaters Gesicht und rechten Oberarm, der von einem pflegeleichten, mit Acrylfaser angereicherten Viskosepullover bedeckt ist.

Vater sieht unvorteilhaft darin aus.

Ich ertrage es nicht, Vater so gedemütigt vor mir zu sehen.

Als ich vernichten will, was Martin angerichtet hat, werde ich von Vater zu Boden geschlagen.

Ich falle zurück in meine früheste Kindheit.

Ich kann mich wieder an alles erinnern.

Ich will sagen, daß ich doch nichts getan habe. Martin ist der Täter gewesen. Ich will das sagen, aber meine Stimme hat ausgesetzt. Ich habe keinen Atem.

»Natürlich liebe ich dich nicht.« Jetzt erkenne ich Vaters Stimme wieder. Er ist wie ausgewechselt, unbeschädigt und überlegen. Ich bleibe regungslos unter ihm liegen. Das einzige, was ich sehe, sind seine Füße. Seine Zehen sind mit einer dicken Hornhaut überzogen. »Du bist neunzehn«, höre ich ihn sagen, »nicht zwei, nicht drei, nein: neunzehn. Alt, unschön. Ja. Den Reiz, die Unverdorbenheit, die du als Zweijähriger hattest, hast du verloren. Sieh das endlich ein. Nein. Du bist kein Kind mehr. Nein. Du bist ein Mann mit Scham- und Achselhaaren und allem, was ich nicht ertrage. Du bist ein Mann. Ich bin ein Kinderliebhaber. Ich bin kein Schwuler. Ja. Auf meiner Kur habe ich Kinder in schalldichten Räumen gehabt. Sagenhaft. Jungen und Mädchen, die alles bewußt miterleben und sich nicht dagegen wehren können. Endlich habe ich wieder Kinder gehabt. Das hat mir unendlich gut getan, sagt mein staatlich geprüfter Psychiater. Früher sind mir fremde Kinder zu gefährlich gewesen. Aber die Zeiten sind vorbei. Jetzt wird alles anders: Jedem Täter sein Opfer, jedem Voyeur sein Objekt, jedem Kind seine Vaterfigur! Das ist nicht illegal. Im Gegenteil: Erst das Gesetz macht daraus etwas Schlechtes. Ja. Ich gehe einen Schritt weiter. Ich komme unaufhaltsam voran! Und jetzt laß mich allein.«

Seine Füße bewegen sich in Richtung Tür.

Noch habe ich die Hornhaut vor Augen.

Dann sehe ich ihn nicht mehr.

Ich stehe auf, packe Martin beim Haupthaar und drücke ihn unter Wasser. Ich empfinde gar nichts, als er aufhört, sich zu wehren, und keine Luftblasen mehr aufsteigen. Sein bewegungsloser Körper wird vom Wasser getragen. Ich frage mich, ob das, was ich mache, einen Sinn hat. Eigentlich bin ich gelangweilt. Ich lasse ihn los.

Ich glaube nicht, daß er tot ist.

Ich ziehe mich an, gehe ins Wohnzimmer und bedanke mich bei Vater für den schönen Nachmittag.

Meiner Mutter würde ich auch etwas sagen, aber dann sehe ich, daß sie den Schlaf der Gerechten schläft.

Ich frage mich, was das Gefühl bedeutet, das ich bislang Liebe genannt habe.

Vater sitzt neben der Schläferin und schaltet gemächlich durch verschiedene Fernsehkanäle. Das Sperma glänzt noch auf seiner Haut und tropft vom Kinn auf Mutters Schulter.

Auf dem Bildschirm ist eine junge Frau mit frecher Wicklerwelle zu sehen. Sie strahlt über das ganze Gesicht und trägt einen hochmodischen Mantel aus der Steffi-Graf-Kollektion 1996, der aus gummiertem Oberstoff ist, erst bei längerem Tragen die gewünschte typische Patina erhält und sicher nicht ganz billig gewesen ist. Alle blicken zu ihr und applaudieren.

Sie ist »Rad-des-Glücks«-Tagessiegerin.

In ihrer Hand hält sie den Gewinnerpokal.

Ich verstehe nicht, was sie sagt.

X

(Situationslos. Nicht Tisch, nicht Stuhl, nicht Bett. Nicht Mauern, die eingrenzen, sicherstellen oder zweiteilen. Nicht Tages- oder Nachtzeit, die Hoffnung oder Verzweiflung begünstigen würde. Vermutlich ist alles naß von Fruchtwasser, in dem kein Untergehen ist, auch wenn es sich bodenlos anfühlt. Das Sein ereignet sich in einer interesselosen Flüssigkeit, weder kalt noch warm, weder stehend noch fließend, tot oder lebendig, viel zu früh und schon zu spät. Einen flachen Atemzug lang Gegenwart. Alles ist Energie. Ungenutzte Energie, die nie verlorengeht und über unsere Lebenszeit hinaus bleibt. Verantwortung steht im Raum, der nicht vorhanden ist. Aber der Schatten gewissenloser Alter ist wahrnehmbar, der dem Fuß, der die Sonne sucht, auf Schritt und Tritt folgt. Die Alten sind da. Sie fühlen sich gut.)

MARTIN: *(zeitlos)* Du vergewaltigst mich.

ICH: Dich?

MARTIN: Du vergewaltigst mich.

ICH: *(außer sich)* Ich vergewaltige dich nicht. Das bildest du dir ein. Schon immer hast du eine Phantasie besessen, die jenseits meiner Vorstellungskraft liegt. Ich will dort nicht hin. Die Ziele, die ich anstrebe, liegen hinter mir. Ich kann nicht mehr.

MARTIN: Kraft genug hast du. Ich verstehe nicht, warum du sie gegen mich richtest.

ICH: Verdammt nochmal! Hör endlich auf! All das hat nie stattgefunden. Nur in deiner Phantasie, die für niemand anderen einsehbar ist. Schattenrisse. Mißverständnisse. Das bildest du dir ein. *(Pause)* Außerdem kannst du es nicht beweisen.

MARTIN: *(warum kommt immer wieder Zweifel auf, obwohl doch alles einwandfrei bewiesen und die Sachlage eindeutig ist, denkt er sich und sagt)* Nein.

ICH: *(voller Zweifel)* Sage ich ja.

MARTIN: *(voller Häme, die nicht zum Angriff werden will)* Aber ich bleibe. Ich bleibe Zeitzeuge.

ICH: *(undifferenziert, intuitiv)* Ich sterbe vor Angst.

MARTIN: Ich bin. Ich werde nicht sein. Aber ich bin. Auf dem Weg.

ICH: *(wieder außer sich)* Komm zurück.

MARTIN: *(mit der Müdigkeit von Jahrhunderten)* Nein. Ich gehe weiter. Ich sehe weiter. Die Zukunft passiert zumindest. Im Gegensatz zur Gegenwart, die immer gegen mich war. Wie du.

ICH: *(seine Zunge wird zum Eiszapfen)* Ich habe mich nie bewegt. Ich bin. Zu sein ist nicht dein Privileg. Die Vorstellung wirst du aufgeben müssen. *(Pause)* Gib auf. Gib endlich auf.

MARTIN: Nein. Ich opfere nichts. Ich bin nicht abgabepflichtig gegenüber einer Gemeinschaft, die mir teilnahmslos gegenübersteht. *(voller Angst, auf der falschen Seite zu stehen)* Ich gehöre zu denen, die ihr Leben überleben.

ICH: Ich sehe den Sinn nicht. Ich sehe keinen Sinn in einem Leben, das nur zum Überleben da ist.

MARTIN: *(stolz)* Ich habe an Verfolgungswahn gelitten. Ich habe Stimmen gehört. Ich habe gewußt, daß immer alle um mich sind und nach mir suchen. Ich habe sie mit dir reden gehört. Von Verschwörungen, Angriffen und Intrigen habe ich euch reden gehört. In euren Mörderhirnen haben Abschlachtungen und Vierteilungen stattgefunden. Ich habe euch gehört. *(Pause, dann spricht ein Vernichteter)* Das ist jetzt vorbei.

ICH: *(mit fremdem Schatten)* Vielleicht hast du einfach nur deine Hörkraft eingebüßt.

MARTIN: *(voller Angst, nicht vorhanden zu sein)* Ich bin kein Opfer.

ICH: *(in sich)* Aber ich.

MARTIN: Du vergewaltigst mich.

ICH: Dich?

MARTIN: Mich.

ICH: *(voller Wettbewerbsgeist)* Du findest mich grauenhaft. Ist es das? Du findest mich grauenhaft.

MARTIN: *(er weiß, daß dies kein Moment für Vergebung ist und geht in die entgegengesetzte Richtung)* Ja.

ICH: *(plötzlich jung wie das nächste Jahrhundert)* Aber Vater liebt mich. Vater liebt mich. Vater liebt mich. Vater liebt mich. Vater liebt mich. Vater liebt mich.

MARTIN: *(in der Hoffnung, daß das von ihm Gesagte stimmen möge)* Hier ist vaterfreies Gebiet. Mit welchem Recht ist der überhaupt unbeerdigt?

ICH: *(er spricht, als sei er umsonst für seine Heimat ins Grab gewandert)* Du magst ihn nicht. Warum magst du ihn nicht. Was du da sagst! Armer Vati.

MARTIN: *(er versucht sich anzulehnen)* Kann man mich nicht einfach in Stücke reißen, ohne daß ich Lobeshymnen auf das anstimmen muß, was mich zerrissen hat! Vater ist nicht da, und ich vermisse ihn nicht. *(Pause)* Ich vermisse ihn. Aber nicht ihn.

ICH: *(ganz klar)* Ich verstehe dich nicht.

MARTIN: *(im Nebel von gestern und heute, da unter Beweisdruck)* Du vergewaltigst mich.

ICH: *(gut orientiert)* Meinen Sie mich? Ich kenne Sie nicht. Wir sind uns nicht begegnet. Bitte belästigen Sie mich nicht. Warum lassen Sie mich nicht allein?

MARTIN: Es muß doch möglich sein, sich zu jemandem zu legen, ohne in Lebensgefahr zu geraten. Beidseitige Abhängigkeit im Arm eines anderen.

ICH: Ich habe ein Verlangen, zu dir zu kommen.

MARTIN: *(vollständig bedürfnislos)* Und meine Sucht ist nicht nach dir.

ICH: Ich brauche dich.

MARTIN: *(gelangweilt, aber ernstlich verunsichert)* Du vergewaltigst mich.

ICH: *(sachlich, er strebt auf einen Abschluß zu)* Verzeih mir.

MARTIN: Nein. Um Gottes Willen.

ICH: *(er klammert sich an die Masse, die scheinbar hinter ihm steht; er begibt sich ins Schattenreich)* Ich glaube nicht an Gott.

MARTIN: Mein Gott. Du bist einsam.

ICH: *(fatalistisch)* Aber ich habe mich. Und dich.

MARTIN: Ich glaube nicht.

ICH: Ich brauche dich.

MARTIN: *(mit einem Gefühl für sich, obwohl er weiß, daß das nicht sein darf)* Du brauchst mich auf. Ich fühle mich verbraucht. Haben zwei Schwache genug Kraft füreinander?

ICH: Ich habe mit mir selbst genug zu tun. Ich gebe mir nicht genug.

MARTIN: Ich habe nichts. Nur mich.

ICH: *(unüberlegt und daher treffend)* Und mich.

MARTIN: *(Pause)* Dich. Warum Männer. Warum immer Männer. Und so viele Frauen genauso. Es ist keine Frage der Geschlechter mehr.

ICH: *(Pause)* Ich. *(Pause, dann ein Ausatmen, messerscharf)* Ich bin ein Nichts. Der Abort der anderen.

MARTIN: *(sich erinnernd)* So fühlst du dich. Aber das bist du nicht. Ein Abort ist unbelebt. Er blutet nicht. Er atmet nicht. Er fühlt nicht. Er ist unbelebt.

ICH: Aber ist das nicht ganz menschlich?

MARTIN: *(er weiß nicht, wovon er spricht, aber er spricht)* Nein.

ICH: *(ausgeleert)* Aber ich bin doch ein Mensch.

MARTIN: *(er erträgt die Stille nicht mehr und redet, um Harmonie herbeizuführen)* Warum ist immer Winter?

ICH: Vielleicht ist dies Frühling.

MARTIN: Ich weiß nicht, warum ich bin, wie ich bin. Ich weiß das und sehe nichts vor lauter Erkenntniszuwachs. Ich bin überfordert von mir, denn ich bin kein Gärtner, der Unkraut ausreißt und Winterbäume beschneidet, die Früchte tragen werden. Ich bemitleide mich. Ich beschneide nichts. Mein Boden ist fruchtbar, aber ich bleibe außerhalb. Von mir.

ICH: Ich weiß über mich Bescheid, und ich beschneide mich, wenn ich über mich hinauswachse und alles um mich erkennen kann. Ich breite mich nicht aus.

MARTIN: *(an einem anderen Ort)* Manchmal möchte ich immergrüne Töne hören. Ich wünsche mir Zeit zum Herumstreifen. Zeit für Zeitlosigkeit. *(Pause)* Gärten. Wiesen. Felder. Wälder.

ICH: Auch Wälder werden alt.

MARTIN: Aber müssen sie deswegen sterben?

ICH: *(er bekommt ein Gefühl für Bereiche, die nie seine waren; der erahnte Körper wird schwer unter seinen Schultern)* Ich habe keine Angst vor dem Tod. Ich habe vor allem Angst vor allem anderen. Vor einem Anfang.

MARTIN: Ich habe auch keine Angst vor dem Tod. Ich fürchte mich vielmehr davor, daß alles um mich herum abstirbt.

ICH: *(mathematisch)* Ich habe Angst vorm Sterben.

MARTIN: *(er spricht mit einem Anflug von Humor, den er nicht empfindet)* Und ich erst.

ICH: *(er wehrt die Übereinstimmung, Nähe und Erkenntnis ab, wird gegenwärtig zynisch)* Laß es sein. Laß das Leben doch sein. Laß mich allein.

MARTIN: Nein.

ICH: Ich vergewaltige dich.

MARTIN: Nein. Ich bleibe. Ich werde erwachsen. Ich lasse mich nicht beschneiden. Wie leicht werde ich Wurzeln schlagen. *(Pause)* Und dich. In meinem Garten.

ICH: Mich?

MARTIN: Dich.

(Niemand hört Wind, der geht. Aber es ist ein Luftzug. Eine Bewegung. Sie nimmt mit sich, was nie verlorengeht. Verändert hat sich nichts. Warum trauern wir nicht? Nichts kann abgelegt werden, nur weil es zu schwer ist und nach unten zieht. Wir müssen das schwer zu Ertragende ertragen. Wehren wir uns, wird es schwerer. Wehren wir uns nicht, wird es unerträglich. Das Oben ist noch nicht verloren, aber es ist zu frei für uns, die wir beständig nach etwas graben müssen, das wir nicht haben wollen. Alles bleibt. Freiheit ist eine gefährliche Kategorie für den, der sich Klarheit verbietet und Beschuldigungen ausspricht, statt Verantwortung zu fühlen. Die Windrichtung wechselt, während jeder geht und kommt. Alles bleibt.)

XI

Es gibt Glück.

Ich habe bestimmt oft Glück gehabt.

Immer habe ich das am eigenen Leib erfahren.

Meine Kindheit liegt zum Glück bereits viele Jahre zurück. Ich habe sie an den überquellenden Brüsten meiner Mutter und tief unten im Hüftbereich meines Vaters gefristet. Ich erinnere mich nicht an damals.

Ich erinnere mich nicht an mich.

Bestimmt bin ich damals einfach grundlos glücklich gewesen.

Ich wollte jetzt im herangewachsenen Stadium, mit dem abgewendeten Blick meiner Eltern vor Augen, keine unnötigen Überlegungen darüber anstellen.

Ich schaltete ab.

Die in meiner linken Hand befindliche Fernbedienung wurde von mir ohne Zweifel beiseite gelegt. Vor meinen Augen liefen großformatige Farbbilder meines Lebens ab, dessen versprochene Fortsetzung ich nicht erwarten konnte. Hohe Einschaltquoten bei bester Sendezeit schienen für meine allgemeine Beliebtheit zu sprechen und die ständige Wiederholung meiner Lebensserie, die vor allem von einem älteren männlichen Publikum konsumiert wurde, zu erklären.

Ich starrte auf den schwarzen Siebzigzentimeter-Flatsquarebildschirm.

Ich mag keine Wiederholungen.

Ich habe bereits gesagt, daß ich abschalte, wenn mir etwas unangenehm bekannt vorkommt.

Ich habe diese Gabe immer als Glück angesehen.

Ohne Glück hätte ich unmöglich überleben können.

Ich verfüge über einen Vater und eine Mutter, deren lebenslängliches Kind ich bin und die mit mir gemeinsam einen gesunden Familienkörper abgeben. Meine zum Spottpreis erhaltene Arbeitslosigkeit war von mir zurückgegeben und in eine hochwertige Berufstätigkeit umgetauscht worden, deren Erwerb sich in bezug auf meinen ansteigenden gesellschaftlichen Aufstieg bereits als lohnend erwiesen hatte. Ich lebte an der Seite meines Lebensgefährten Jürgen, von dem ich mir regelmäßig nicht nur so manche Finanzspritze verabreichen ließ. Er legte Wert darauf, von mir geliebt zu werden, und kontrollierte gewissenhaft, ob ich diesem Anspruch standhielt oder versagte, wie ich es seiner Ansicht nach, die meine war, immer tat. Er litt seit einigen Monaten unter einem leichten, aber unberechenbaren Schwächegefühl und verbrachte seine Freizeit nicht mit mir, sondern mit Hermann und Heinrich oder Heinrich und Hermann sowie seiner minderjährigen Tochter.

Neuerdings immer häufiger aushäusig.

Überhaupt sah er sie immer häufiger, deren Namen zu kennen mir versagt wurde. Ich freute mich über seinen ausgeprägten Familiensinn, ermöglichte er mir doch, meiner Lebenszeit in Jürgens schönem Eigenheim nachzugehen.

Ich vermeide es, in meiner eigenen Wohnung zu sein.

Wenn ich meine Wohnung nach einem abendlichen Zwangsaufenthalt wieder verlasse, weiß ich schon nach Abschließen der Ausgangstür nicht mehr, was sich hinter ihr zugetragen hat.

Immer öfter vergesse ich, wie meine Wohnung eingerichtet ist.

Vater sagt immer, ich hätte ein schlechtes Gedächtnis, wenn er mir aus einer Kindheit erzählt, die meine zu sein scheint.

Zum Glück erinnere ich mich an nichts.

Es ist unglaublich, wieviel Kraft Kinder haben. Sie sind so schwer zerstörbar.

Irgendeine Kraft hat mich kaputtgemacht.

Mein Leben ist schon immer chancenlos gewesen.

Ohne Aussicht auf Änderung.

Stets habe ich eine schwerwiegende innere Leere in mir gehabt, die ich nicht mehr ertrug.

Vater sagt, ich hätte stets eine positive Ausstrahlung gehabt.

Ein Kind glaubt seinen Eltern alles.

Ich fragte mich, warum das umgekehrt nicht auch der Fall ist.

Ich jedenfalls hatte meinen Glauben verloren.

Und die positive Ausstrahlung auch.

Ich habe kein Glück gehabt, obwohl ich alles tat, um das nicht wahrzuhaben. Als Kind wurden Überlebensstrategien von mir entwickelt, die mir als Erwachsener nur noch hinderlich waren. Ich gab mich angriffsleicht. Entgegenkommend entging ich der Gefahr, die aus meiner Gegenwehr entstanden wäre.

Ich ertrage keine Gewalt.

Martin sagte, ich hätte meine Erfahrungen damit gemacht.

Vater liebt mich.

Sonst hätte er mich umgebracht.

Vielleicht hat er das ohne mein Wissen getan.

Ich weiß es nicht. Ich erinnere mich nicht. Ich wünschte mir eine Erinnerung, in der Weihnachtsmänner Kindern wohlgesonnen sind und nicht als verkleidete Familienvertreter kommen, vor denen ich Angst hatte. Wie war das, als ich mich noch am Garten meiner Eltern erfreute und den Geruch des Flieders nicht als beißend empfand, den der Wind zu mir und meiner Schwester herübertrug.

Ich beschützte meine Schwester, die ich gerne gehabt

hätte. Selbst im Schatten der kinderfreundlichen Gartenlaube fühlte sie sich sicher, wenn ihr Kopf in meinem Arm lag, erregungsfreie Berührung auf beiden Seiten. Wir sprachen darüber, in einem nächsten Leben entschieden weiter zu gehen, Berge zu besteigen und Flüsse zu überqueren vom baumblühenden Frühling an bis hinein in den weltverfärbenden Herbst.

Selbst im finstersten Wintermonat hat es immer Frühlingsgefühle in mir gegeben.

An jenem Tag waren die Jahreszeiten gerade dabei, sich aufzulösen.

Ich mochte meine Schwester, die ich nicht hatte. Ihr Blick berührte mich. Sie war Teil meiner Geschichte, die so weit zurückliegt, wie sie klein war. Gemeinsam wären wir furchtlos gewesen und unsere Augen der Welt mit Trotz und Hoffnung begegnet.

Wir wären zwei gegen einen gewesen.

Ungefährdet.

Ich wollte Sorge tragen, daß es ihr nie so gut geht, wie meine Mutter sagt, daß es mir geht.

Es hätte keine Schwester sein müssen, ein kleiner Bruder hätte mir auch genügt, Hauptsache meiner und angstfrei. Unberührt wären sie, meine Geschwister. Sie hätten sich nicht anstecken lassen von meiner Angst. Ich war wie sie gewesen, bevor das anfing, woran ich mich nicht erinnern kann.

Sie waren wie ich.

Sie liebten mich.

Wir blieben Zeitzeugen.

Es war überlebenswichtig, daß wir uns hatten. Aber immer öfter begann ich zu vergessen, daß sie da waren, und vernachlässigte meine Aufsichtspflicht sträflich. Meine Schwester oder mein Bruder würden es nicht überleben, sollte ich eines Tages aufhören, nach ihnen zu sehen.

Gott, hilf mir, diesen Tag zu überstehen.

Lebend.

Ich hatte die Wohnzimmersitzgarnitur aus braunem Rindsleder, deren Bezüge abnehmbar sind, bevor ich meinen Körper auf ihr plazierte, mit einer transparenten, aber verläßlich reißfesten Plastikfolie bedeckt, um selbst mit einem hochwertigen Markenwaschmittel kaum zu entfernende und unschön aussehende Blutflecken auf der Wohnzimmergarnitur aus braunem Rindsleder, deren Bezüge abnehmbar sind, zu vermeiden. Da ich bis dahin keine Erfahrung mit dem Aufschneiden von Pulsadern gehabt hatte, übte ich mich vorsorglich in Vorsicht, die die Mutter der Porzellankiste ist und nicht meine.

Vater hatte sich von mir entfernt, und ich mutierte immer mehr zu Mutter.

Eine massive Bewegungsunfähigkeit breitete sich in mir aus. Jeder Schritt, den ich machte, brachte mich dem Abgrund näher, den ich mein Leben lang zu umgehen getrachtet hatte.

Die Bodenlosigkeit meines Daseins war nicht grundlos.

Ich entbehrte Muttererde.

Der Heimatboden war vor meinen Augen zubetoniert worden, so daß es mir unmöglich war, Wurzeln zu schlagen. Da ich überall, wo ich mich aufhielt, haltlos war, hätte ich den ständigen Aufbruch zur Tugend machen können. Ich hätte zusammenhanglos auftauchen und unbemerkt wieder untergehen können. Aber ich hatte kein Ziel vor mir. Deshalb blieb ich sitzen.

Ich mußte sogar sitzen bleiben. Ich bin nicht schwindelfrei, und die sechzig Schlaftabletten unterschiedlichster Hersteller, die ich geschluckt hatte, brachten mich aus der Fassung, die ich bereits vor langem verloren hatte.

Ich versuchte, meinen Lebensweg abzukürzen, um endlich dorthin zu kommen, wo ich nicht hinwollte.

Mein Kreislauf war am Zusammenbrechen.

Ich trank noch einen Schluck eines durch einen Zusatz von Eiweiß-Fettsäure-Kondensat besonders hautverträglichen Spülmittels, von dem bereits wenige Spritzer ins Abwaschwasser genügen.

Manchmal erbrach ich mich danach. Ich hatte mir deshalb einen Wischeimer bereitgestellt, in den ich mich ausleerte, ohne den hochwertigen, handgewebten und wendbaren Sisalteppich mit mir zu beflecken.

Zum Glück, das es gab, hatte ich diesen Einfall gehabt.

Ich würde mich entfernen, bevor ich überhaupt vorgekommen war.

Damals habe ich geweint.

Es schienen keine Freudentränen zu sein.

Ich war nicht unglücklich, aber glücklich war ich auch nicht. Ich mußte aber einmal glücklich gewesen sein. Wie hätte ich sonst feststellen können, daß mir etwas fehlt?

Das Angenehme vergeht.

Nur das Grauenhafte hat Bestand.

Ich erinnerte mich an keine einzige glückliche Situation. Nur an den einen Tag, als mein Vater sagte, ich hätte Glück gehabt. Aber das war schmerzhaft.

Das spülmaschinenfeste Messer aus rostfreiem Stahl, das ich vor mir auf den Tisch gelegt hatte, war frisch zurück vom Scherenschleifer und sehr scharf. Die Klinge zerschnitt mich bereits bei leichter Berührung effektiv, ohne daß ich nennenswerten Druck ausüben mußte. Ich stieß das spülmaschinenfeste Messer aus rostfreiem Stahl in mich, wenn auch unterschiedlich tief, in verschiedene Körperteile, zum Beispiel drang die Spitze nur schwer in meine Fußsohle ein, während das Aufschneiden meiner Finger sich geradezu als Kinderspiel erwies. Ich hatte viel Freude daran und ging als Sieger daraus hervor.

Ich machte im Aufbrechen meiner Oberflächlichkeit eine einschneidende Erfahrung und registrierte, wie sich die tiefen Schnitte auf meinen Oberarmen beim Anspannen der Muskulatur zentimeterbreit öffneten und den Blick auf Untiefen freigaben, aus denen friedlich Blut herausfloß.

Nicht kämpfen.

Nicht fliehen.

Fließen.

Eine Erfahrung, die ich noch nicht gemacht hatte.

Für mich hatte jede Bewegung ausgleichende Kraft gehabt.

Meine Haut nahm durch die stärker werdenden Blutungen exakt den Farbton von Jürgens roter Hose an, die er getragen hatte, als ich ihn zum erstenmal auf Pedros Herrentoilette getroffen hatte.

Was für ein Tag.

In mir pulsierte es.

Eine Schutzschicht zerfiel.

Ich hatte über mich gesiegt.

An die Pulsadern wagte ich mich nicht heran.

Ich tat nichts, weil mir bewußt war, daß alles, was ich tat, unwichtig war.

Wie ich.

Wieder einmal fühlte ich mich wie ein Verlierertyp, der vergeblich auf einen entscheidenden Lebenseinschnitt zu warten hatte.

Ich hätte so gerne Geschwister gehabt, wenn mir schon keine Tarnkappe vergönnt war.

Eine ansteckende Geschlechtskrankheit.

Eine glückliche Kindheit.

Etwas anderes als Angst.

Ich wollte nicht mehr auf der Suche sein. Ich wollte wissen, was ich vermisse, und keine gute Miene zur gebrochenen Spielregel mehr machen. Ich wollte dem Augenblick ins Gesicht sehen und keine Zukunft mehr vorbereiten, der es gleichgültig wäre, ob ich in ihr existierte. Ich wollte, daß meine nie stattgefundene Kindheit eine glückliche Erinnerung ist, die mir in der Gegenwart hilfreich zur Seite stehen würde. Ich wollte, daß die Gegenwart endlich die Zeit sein würde, in der ich sein will.

Ich wollte mich endlich erinnern.

Ich wollte den Weg zurückverfolgen, der mich hierhergeführt hatte.

Vielleicht war an seinem Ende ein Ausgang aus der Ausweglosigkeit meines Lebens.

Ich liebte meine Mutter. Ich liebte meinen Vater. Meine Mutter liebte meinen Vater. Mein Vater meine Mutter. Ich Jürgen. Jürgen seine Tochter. Sie vermutlich ihn. Er sich.

Soviel Liebe um mich.

Ich verstand einfach nicht, warum ich nicht glücklich war.

Ich wußte, daß ich nicht der einzige Leidende war auf der Welt. Aber der Gedanke daran, trotzdem einsam zu sein, machte mich wahnsinnig.

Ich zeigte ohnehin bereits alle Symptome des Verrückten, für den ich von Jürgen seit längerem gehalten wurde. Ich fragte mich, ob ich alles dies nur tat, um es ihm rechtzumachen.

Meine Anomalien waren üblich: Apathie, Amnesie, unkontrollierte Lachanfälle, Paranoia sowie Autoaggressivität.

Meine Verrücktheit war in jeder Hinsicht prototypisch.

Wie ich.

Die einzige Tätigkeit, der ich außerhalb meiner Arbeitszeit in der Drogerie noch nachging, war das Konsumieren von Fernseh- und Videofilmen. Einfache Tätigkeiten wie Einkaufen, Abwaschen oder Aufräumen bereiteten mir Übelkeit und Schwindelgefühle, so daß nicht nur ich, sondern auch mein Körper und meine Umgebung systematisch in Unordnung abrutschten.

Schlimm war für mich, daß Jürgen nichts davon bemerkte. Er sagte, ich sähe gut aus. Zum Glück wußte ich, daß er mich nie ansah.

Noch schlimmer war, daß es mir nichts ausmachte.

Ich saß ungekämmt, ungewaschen und mit ungeputzten Zähnen vor dem Siebzigzentimeter-Flatsquarebildschirm. Meine Kleidung hatte ich schon seit drei Wochen nicht mehr gewechselt. Ich fühlte mich wie eine Drecksau, eingesperrt im Bereich zwischen Mensch und Tier. Auch als Charakterschwein, Unschulds- oder Opferlamm empfand ich mich.

Ich beneide Tiere.

Für sie ist Sprachlosigkeit ein natürlicher Zustand.

Ich begann, das in das mit digitaler Spurlagenkontrolle und Hyperband-Tuner versehene Videogerät eingelegte und von mir gesehene Video ordnungsgemäß zurückzuspulen.

Noch hatte ich nicht vergessen, was in dem von Jürgen gedrehten Film von hoher Qualität zu sehen gewesen war.

Ich freute mich wie wahnsinnig über das Glück, das ich diesbezüglich gehabt hatte.

Ich trank noch einen Schluck eines durch einen Zusatz von Eiweiß-Fettsäure-Kondensat besonders hautverträglichen Spülmittels, von dem bereits wenige Spritzer ins Abwaschwasser genügen.

Ich trank es aus einem mundgeblasenen Recyclingglas.

Ich stach das spülmaschinenfeste Messer aus rostfreiem Stahl in den Rücken meiner Hand, in der ich die Fernbedienung gehalten hatte.

Ich dachte an meine Pulsadern.

Aber ich wagte es nicht.

Wenn ich es doch wagte, kam Martin und hielt mich davon ab.

Ich hatte keine Kraft, ihn fortzujagen.

Es war mir nicht einmal unrecht, daß er da war.

Er war keine Schwester und kein Bruder. Aber er war da, während ich dem Glück hinterherlief, obwohl es mir vielleicht auf den Fersen war.

Ich entnahm die wieder zum Anfang gespulte Videokassette dem mit digitaler Spurlagenkontrolle sowie Hyperband-Tuner versehenen Videogerät und steckte sie ordnungsgemäß zurück in eine von Jürgen mit der Aufschrift „Tochter III" versehene Hülle.

»Tochter I«, »Tochter II« und »Tochter IV« hatte ich nicht gesehen, da das Konsumieren der Folgen »Martin I–VIII« mich müde gemacht hatte.

Von Anfang an war es mir bekannt vorgekommen, aber zunächst hatte ich das kleine Mädchen nicht zuordnen können. Vielleicht weil es nackt war. Als ich es einmal in der Drogerie gesehen hatte, war es in mindestens vier verschiedene Lagen von Strumpfhosen, Socken, Pullovern, Handschuhen und Schals gehüllt gewesen, weshalb ich es zunächst für übergewichtig gehalten hatte, was für ein Mädchen besonders schlimm ist, da es dann von Männern nicht wahrgenommen wird und lebensunwert ist.

Ihr Name war Gabriele.

War die Frau, die hautfreundliche und griffeste Gummihandschuhe mit baumwollbeflocktem Innenfutter bei mir erworben hatte, Jürgens geschiedene Ehefrau?

Sie hatte Jürgen als Verbrecher bezeichnet.

Eine Unverschämtheit.

Bis heute weiß ich nicht, was sie damit meinte.

Das Mädchen war höchstens vier Jahre alt und der Videofilm von hoher Bild- und Tonqualität.

Es knirschte richtig, als Jürgen seinen erigierten Penis in sie einführte.

Jürgen ist ein Schwein.

Er beschmierte das Mädchen im gesamten Geschlechtsbereich mit einer breiartigen Masse, die von mir als Hundefutter nicht erkennbarer Marke identifiziert wurde. Ich schloß dies, da kurz danach Heinrich und Hermann oder Hermann und Heinrich schwanzwedelnd im Bild zu sehen waren. Die beiden ließen sich keinen Bissen entgehen. Sie leckten das Mädchen ab, bis es sauber war.

Auf diese Weise entstand zum Glück doch keine nur schwer zu entfernende Schweinerei. Nichts fiel auf den handgewebten und wendbaren Sisalteppich, den zu reinigen meine Aufgabe gewesen wäre.

Zuerst blickte sie ungläubig, dann weinte sie.

Nein.

Sie schrie.

Vielleicht hat sie Angst gehabt.

Mit mir hatte Jürgen das nie gemacht.

Blut pulsierte in meinen Adern.

Ich hatte versagt.

XII

Das Ungeziefer wurde immer mehr.

In den letzten Tagen waren die Heuschrecken zu einer ausgesprochenen Plage geworden. Wie Wanzen lagen sie auf der Lauer. Ich war nicht Herr der Lage. Ich inspizierte mein Umfeld und kam zu dem Ergebnis, daß kein Verkaufsartikel vor ihrer beängstigenden Beobachtung sicher war. In jedem Drogerieregal hatte ich sie ausgemacht. Mich ekelte vor ihren angewinkelten Beinen und gespannten Fühlern, die wie verdorrte Triebe aus einem hülsenfruchtgeformten Körper brachen. Ich wich aus. Ich wagte kaum noch, etwas anzufassen, war aber bereit, meinen Standpunkt zu verteidigen. Das Ungeziefer schien nur auf den geeigneten Anlaß zum Angriff zu warten, wenn überhaupt ein solcher nötig war, um gegen mich aufzumarschieren. Sie waren gleich Rossen, die zum Krieg gerüstet sind. Auf ihrem Haupt war es wie Kronen, dem Golde gleich, und ihr Antlitz glich des Menschen Antlitz. Ihre Zähne waren wie die der Löwen, und sie hatten Panzer wie eiserne Panzer, und das Rasseln ihrer Flügel war wie das Rasseln der Wagen vieler Rosse, die in den Krieg laufen. Sie hatten Schwänze gleich den Skorpionen und Stacheln. Und in ihren Schwänzen war die Macht, Schaden zu tun.

Merkwürdig, dachte ich, so etwas denke ich doch sonst nicht.

Aufgekrempelten Ärmels reihte ich mich in das Warenangebot von Jürgens Drogerie ein, das ich selbst im Schlaf, den ich nicht hatte, in alphabetischer Reihenfolge vorwärts sowie rückwärts auswendig aufsagen konnte. Hundefutter, Desinfektionsmittel, dreilagiges

Toilettenpapier, Duftschaumbäder, Waffeltücher, WC-Enten und andere Artikel setzten sich in meinem Kopf zu einer einheitlichen Welt aus faßbaren Ausdrücken zusammen, die von mir begriffen wurden. Ich war zu umsatzerhöhender Entschlußfreudigkeit und steigender Kaufkraft entschlossen. Aber angesichts mich plagender Tatsachen verwarf ich den Gedanken an einen verkaufsfördernden Aufbau von Schädlingsbekämpfungsmitteln in der Größe des Turms zu Babel. Ich mußte endlich einmal zur Tat schreiten, aber jede Aktivität war mir verwehrt.

Ich zertrat eine Heuschrecke, die sich zwischen meinem linken Fuß und pyramidenartig gestapelten, photostabilen und mit Vitamin E angereicherten Sonnenschutzcremes für sensible Haut und Kinder befand.

Ihr wirbelsäulenloser Körper zerbrach mit einem Knacken.

Ich war tatverdächtig.

Ich verstand die Welt nicht mehr, die sich in fremdartigen Bewegungen um ihre eigene Achse drehte und damit nichts außer mangelndem Taktgefühl demonstrierte.

Ein Tanz auf dem Vulkan.

Bis zum Jüngsten Tag.

Meine Tage waren Arbeitstage, aber Jürgens Kundschaft stand vor verschlossenen Drogerietüren.

Ich hielt diverse Schlüssel in meiner Hand, die mir Tür und Tor öffneten. Aber ich beschloß, nichts damit anfangen zu dürfen.

Ich blieb in Jürgens Drogerie.

Es existierte keine Verbindung zwischen mir und dem Leben außerhalb meines Raumes.

Warum konnte ich die Früchte meiner Bemühungen nicht unter die konsumhungrige Menschheit bringen? Meine mathematisch genau angelegten Arbeitsfelder wurden nicht bestellt, die erwirtschaftete Ernte nicht eingeholt und Vorräte, die ich von mir angelegt hatte, von niemand erwogen. Ich verdarb, ohne daß Geschmack an mir gefunden wurde. Das Leben litt mir gegenüber an Appetitlosigkeit.

Das Obst, daran seine Seele Lust hatte, war dahin. Und alles, was glänzend und herrlich war, war von mir gewichen, und nimmermehr wird man es finden.

Ich war den Heuschrecken nicht nur zahlenmäßig unterlegen. Ich sprühte fluorkohlenwasserstofffreies Gift nach ihnen, aber es schien egal, was ich tat. Ich erlag dem Gefühl, grundsätzlich besiegt zu sein. Sie nagten an allem, was verderblich war.

Gerade wurde Jürgen verhaftet.

Ich sah ihn. Eben war ein gutaussehender Polizeibeamter in bestem Alter und tadellos sitzender Uniform dabeigewesen, ihm wie einem Straftäter Handschellen anzulegen. Dieser Vorgang unterschied sich in nichts von dem, was ich bereits in zahlreichen Kino- und Fernsehfilmen gesehen hatte. Der Schuldige wurde von einem Staatsdiener aufgefordert, seine Hände entweder vor dem Bauch oder hinter dem Rücken zu kreuzen. Jürgen hielt seine Arme vorne gekreuzt. Dann wurden die Handschellen angelegt und ein schlechter Mensch mehr außer Gefecht gesetzt. Was ich nicht gewußt hatte, war, daß Handschellen auch in der Realität existieren. In Wirklichkeit bildete ich mir alles, was ich gerade gesehen hatte, vielleicht auch nur ein. Wenn das wahr war, wollte ich meinen Augen nicht trauen. In mir liefen Bilder ab, die schon für den privaten Gebrauch zu persönlich waren. Ich wußte, wohin Jürgen kommen würde, aber nicht, wie es dorthin hatte kommen können.

Mein gesamtes Leben hatte sich wie die Erde um die Sonne um ihn gedreht. Kraft seiner Ausstrahlung war für mich der tägliche Untergang immer wieder gut aufgegangen.

Jeder Tag ein neuer Anfang.

Aber an jenem Tag ging er einer Welt verloren, die keine Scheibe mehr ist, von der ich mir aber gerne etwas abgeschnitten hätte. Ich verzehre mich danach, Teil des Ganzen zu sein, damit ich nicht leer mit mir ausgehe.

Aber die Welt hat nichts für mich übrig.

Ich verhungerte vor den Augen einer übergewichtigen Weltbevölkerung, der vor lauter Völlegefühl die finale Explosion drohte.

Ich war allein.

Frei.

Ich wollte nicht frei sein. Ich wollte hinein in die Gemeinschaft der Eingeschlossenen, die sich an dem gesundstoßen, was ihnen ähnlich sieht.

Nie sollte der Pesthauch der Außenseiter mich erreichen.

Trotzdem habe ich immer gefunden, daß der Gedanke an den Tod, egal welcher Art, etwas Ansteckendes hat.

Ich glaubte nicht an ein Leben nach dem Tod.

Ich glaube an den Tod.

Soviel ist sicher.

Das Dasein hingegen ist unberechenbar wie eine Fieberkurve.

Und meine Temperatur stieg.

Der Gesang der Heuschrecken brachte mich fast um den Verstand. Ich hatte den Verdacht, daß sie sich mittels ihres fortwährenden Zirpens untereinander austauschten. Jeder neue Ton reagierte auf einen vorhergegangenen, wobei Lautstärke und Anzahl des Ungeziefers geradezu signalhaft anzusteigen schienen. Ich verstand nicht, was mir das sagen sollte. Das war wieder eine Sprache, die ich nicht verstand. Ein Chor von Verschwörern. Ich zertrat alles, was mir unter die Füße kam. In Gedanken brach ich Wirbelsäulen. Der Gesang schwoll an.

Dann sah ich die Frau zum zweitenmal.

Das Weib war bekleidet mit Purpur und Scharlach und übergoldet mit Gold und edlen Steinen und Perlen. In der einen Hand hatte es einen goldenen Becher, an der anderen Gabriele.

Ich haßte das Mädchen.

Am meisten hatte ich es auf Video gehaßt.

Aber ich haßte es auch hier vor der Drogerie.

Alles Unglück hatte damit angefangen, daß es mir Jürgen ausgespannt hatte. Ich hoffte, niemand würde je erfahren, daß Jürgen seine vierjährige Tochter in jede mögliche Körperöffnung gefickt hatte. Jeder vernünftig denkende Bürger hätte zu recht gedacht, daß ich im Bett einen Versager abgebe, weil Jürgen Gabriele vorgezogen hatte. Ich hielt das mir gegenüber für ungerecht. Andererseits hatte ich tatsächlich versagt. Hätte ich nicht derartige Angstanfälle vor Heinrich und Hermann oder Hermann und Heinrich gehabt, hätte Jürgen seine Liebesspiele gewiß weiterhin gewinnbringend an mir ausgeübt. Ich hatte immer wieder gegen ihn verloren und mich ihm als Siegesprämie übergeben. Jürgen war stets ein überlegener Gewinner gewesen, der großen Abstand zu anderen hielt. Ich hingegen war ein schlechter Verlierer, da ich seine Siege für mich nicht als vernichtend empfunden hatte. Dieses Fehlverhalten brachte ihn dann in den schamhaarfreien Geschlechtsbereich seiner vierjährigen Tochter Gabriele, die unter ihm wie am Spieß schrie. Ich aber hatte ein unbrauchbares Lustobjekt verkörpert, da ich, was er mir antat, nicht als Gewalt empfand. Ich hatte nicht aus meiner Haut herausgekonnt, die für jeden Kontakt dankbar war.

Ich war ich geblieben.

Nicht mit Absicht.

Aus Angst, abstoßend zu sein, wenn ich außer mir bin.

Dennoch war ich ungenügend für den in Handschellen befindlichen Jürgen gewesen, der aufgrund meiner lusttötenden Egomanie Eroberungsfeldzüge in der vierjährigen Gabriele vorgenommen hatte. Der Weg zu ihr war eng und trocken. Sie verschloß sich ihm. Ihr Nein, mit dem sie ja sagte, konnte seinem Eindringen keinen Einhalt gebieten. Der Staudamm ihrer Gefühle brachte das Faß seines Samens zum Überlaufen.

Ich lag vor ihm wie das offene Meer.

Ich machte ihm Angst vor dem Untergang.

Ich ging hart mit mir ins Gericht, vor dem ich meinen schärfsten Ankläger verkörperte. Einen Verteidiger wollte ich mir angesichts der klaren Sachlage nicht leisten. Jürgen traf beileibe keine Schuld. Ich hatte versagt. Ich hatte mich schuldig gemacht.

Ich war nicht zu dem geworden, was ich nicht war.

Der Heuschreckengesang hatte mir den entschiedenen Kampf angesagt. Er wuchs an wie ein Rausch, und ich wußte nicht, ob es mein Atem war, der rasselte, oder etwas anderes.

Eine selbstzufriedene Sonne blendete mich so stark, daß ich den Horizont nicht erkennen konnte.

Sie war im Untergehen begriffen.

Ich holte Luft.

Ich atmete auf.

Ich beschloß hinauszugehen, dorthin, wo der Himmel nicht nur eingebildet blau ist.

Die Tür der Drogerie stand jetzt weit offen. Die Geräusche einer überfremdeten Außenwelt drangen zu mir, aber ich verstand nicht, was in ihr vorging.

Martin lief geradewegs auf die Frau zu.

Ich sah, daß sie einander kannten.

Sie gaben sich die Hand.

Beide wurden von dem gutaussehenden Polizeibeamten in bestem Alter und tadellos sitzender Uniform in Empfang genommen, der mir bereits ins Auge gefallen war. Es schien, als habe er sie erwartet. Mich würdigte er keines Blickes. Jürgen, der auf dem Rücksitz des Polizeiwagens Platz genommen hatte, wurde überhaupt nicht von ihnen beachtet. Aber auf alles, was der gutaussehende Polizeibeamte in bestem Alter und tadellos sitzender Uniform ihnen zu verstehen gab, reagierten sie mit einem anbiedernden Kopfnicken. Ihre Freundlichkeit war falsch. Ich verstand nicht, warum sie sich so gut verstanden.

Ich fragte mich, warum ich Martin immer noch nicht umgebracht hatte.

Ich haßte Martin.

Dann war auch Harald da.

Seine Augen sind eine Feuerflamme.

Der Weg zu ihnen führt direkt ins Fegefeuer.

Er schien von der Menge der Schaulustigen ausgespien worden zu sein. Aus ihren speicheltriefenden Mäulern ging Feuer und Rauch und Schwefel. Ihr Haß vereinigte sich zum riesigen Rachen eines gemeinen Raubtieres. Das Tier, das ich erkannte, war gleich einem Panther, und seine Füße wie Bärenfüße, und sein Rachen wie eines Löwen Rachen.

Dieser Meute war Jürgen unterlegen.

Ich wollte ihm beistehen, aber ich wußte, daß ich zu spät gekommen war.

Harald bezeichnete Jürgen als Lackaffen und geilen Bock.

Ich wußte, daß Jürgen als zivilisiertes Tier im Kampf gegen wilde Bestien chancenlos war.

Er würde im Dschungel der Justiz verlorengehen.

Auf einmal verstand ich, warum Jürgen in Heinrich und Hermann oder Hermann und Heinrich sensible

Individuen sah, die ihn im Gegensatz zum Menschen, den er als wildes Tier bezeichnete, noch nie enttäuscht oder unbefriedigt gelassen hatten.

Tiere sind die besseren Menschen, denn sie sind domestiziert. Anders der Mensch, der ein entartetes Untier darstellt.

Jürgen saß auf dem Rücksitz des komfortablen Polizeiwagens mit Handschellen um seine Handgelenke, die er vor seinem Oberkörper gekreuzt hielt.

Er war besiegt.

Ich sah, daß die Frau, Martin und Harald mit einem zweiten, fettleibigen Polizeibeamten sprachen, der in seiner Uniform keine gute Figur machte. Ich versuchte ihren Mündern abzulesen, worüber sie sprachen, aber trotz genauester Beobachtung war es mir unmöglich, den Inhalt ihrer Unterredung herauszufinden.

Das Leben ist für mich ein Buch mit sieben Siegeln.

Ich versuchte, nicht über den nächsten Tag nachzudenken.

Jeder Tag hat seine eigene Plage.

Ich fürchtete mich vor einem Leben ohne Jürgen.

Ich versuchte, es mir vorzustellen.

Alles, was ich sah, war schwarz.

Da war ein großes Erdbeben, und die Sonne ward finster wie ein schwarzer Sack, und der Mond ward wie Blut, und die Sterne des Himmels fielen auf die Erde, gleichwie ein Feigenbaum seine Feigen abwirft, wenn er von großem Wind bewegt wird. Und der Himmel entwich, und alle Berge und Inseln wurden bewegt von ihrer Stätte. Und es ward ein Hagel und Feuer, mit Blut gemengt, und fiel auf die Erde. Und der dritte Teil der Erde verbrannte, und der dritte Teil der Bäume verbrannte, und alles grüne Gras verbrannte.

Es war wie der Weltuntergang, den die Menschheit schon seit Tausenden von Jahren angstvoll erwartet.

Ich bin kein Prophet, aber ich war mir sicher, die Welt würde nicht untergehen.

So leicht läßt sich das Leben nicht beseitigen.

Unendlichkeit ist ein unendliches Schicksal.

Ich wußte nicht, ob das Wahn war, in dem ich mich befand, oder ob ich gar religiös geworden war.

Ich ging dem Gedanken fanatisch nach.

Ich war besessen von Jürgen.

Jürgen war das A und O, der Erste und der Letzte, der Anfang und das Ende.

Ich würde allein zurückbleiben.

Schlagartig war wieder alles schwarz.

Schwarz und still.

Totenstill.

Sosehr ich mich auch anstrengte teilzuhaben, ich fühlte mich wie unter Glas. Der Tag hatte eine Schutzschicht um mich gelegt, damit er sich nicht mit mir infizierte. Das Leben fühlte sich warm und windstill an wie die angstvollen Minuten vor einem ausbrechenden Gewitter, in denen der Atem der Pflanzen hörbar ist. Ich wußte, der Himmel über mir würde brechen und gegen mich regnen. Vielleicht würde ein Blitz mich spalten wie einen auserwählten Baumstamm. Um mich herum hatte ein Sturm angehoben, dessen Gewalt alle Menschen mit sich riß. Ich sah, wie Martin mit weitaufgerissenem Mund vor- und zurückwich und der gutaussehende Polizeibeamte in bestem Alter und tadellos sitzender Uniform seine Dienstkappe umklammerte, als befürchtete er, sie könne von einer aufsässigen Windböe mitgerissen werden. Die Frau hielt dem Sturm mit nach hinten gebeugtem brustlosem Oberkörper und einem ausgestreckten rechten Arm stand, an dessen hoffnungslosem Ende Gabriele sich festklammerte, um ihren letzten Halt nicht zu verlieren. Niemand außer mir sah sie an. Der zweite, fettleibige Beamte, der in seiner Uniform keine gute Figur machte, kauerte im windgeschützten Bereich hinter der offenen Tür des Polizeiwagens. Sein weitgeöffneter Mund schien Wörter zu schreien, die die anderen nicht erreichten. Martin hatte sich in der Zwischenzeit bei Harald eingehakt, dessen Anwesenheit ich als Einbruch in meine Privatsphäre betrachtete. Sie standen da und schwankten vor und zurück wie weißblühende Lilien, die den gerechten Naturgewalten trotzen wollten. Gemeinsam drangen sie in den gutaussehenden Polizeibeamten in bestem Alter und tadellos sitzender Uniform, der aus irgendeinem Grund erregt zu sein schien.

Seine Dienstmütze fiel zu Boden und wurde in Richtung von Gabriele geweht.

Ich haßte das Mädchen.

Ich sah, wie es von seiner unbewegten Mutter losgerissen wurde. Es versuchte, die in immer kleiner werdenden Kreisen rollende Dienstmütze des gutaussehenden Polizeibeamten in bestem Alter und tadellos sitzender Uniform mit derartiger Entschlossenheit zu greifen, als läge in dieser die Lösung sämtlicher Welträtsel, die Gabriele nicht aufgegeben waren.

Sie stieß gegen mich.

Das Glas zerbrach.

»Es ist falsch, den Mann anzuzeigen, wenn Sie mich fragen. Regeln Sie das privat. Jeder macht mal einen Fehler, wenn Sie mich fragen, den er später bereut. Dem Kind hat es doch auch nicht geschadet, wenn Sie mich fragen.«

Der gutaussehende Polizeibeamte in bestem Alter und tadellos sitzender Uniform hatte das gesagt.

Ich sah, wie er sich vor Gabriele hinkniete und mit vorgeführter Anerkennung über ihre verschiedenen Schichten von Kleidung streichelte, bevor er mißmutig seine Dienstmütze wieder an sich nahm, die das Mädchen auch nach mehrmaligem Bitten nicht hatte hergeben wollen.

Es war ihm nicht gelungen, die Zuneigung des Mädchens zu gewinnen, das er nicht mochte. Das machte es in meinen und seinen Augen noch unerträglicher.

Ich haßte das Mädchen.

Es erinnerte mich an mich in der Zeit, an die ich keine Erinnerungen habe.

Meine Kindheit.

Ich bin, weil ich niemals Kind gewesen bin. Und ich werde sein, weil ich niemals erwachsen werde.

Bevor der gutaussehende Polizist in bestem Alter und tadellos sitzender Uniform sich noch erheben konnte, hatte die Frau ihr Kind gegriffen. Ihre insektenartigen Beine bebten wie Flügel.

»Körperkontakt kann tödlich sein.« Ihr Gesicht war unbeweglich, während sie die übrigen angewinkelten Armes vorwurfsvoll betrachtete. Doch als sich ihr lippenloser Mund öffnete, um zu einer Rede anzusetzen, die mir bekannt vorkam, bevor ich sie überhaupt gehört hatte, schob Martin sich in den Vordergrund und bedeutete ihr zu schweigen.

Ich fragte mich, was er vorhatte.

Er deutete mit ausgestrecktem Finger auf Jürgen, der von allem unberührt auf dem Rücksitz des Polizeiwagens auf etwas wartete, was er nicht verdient hatte. Martin sagte, es stehe dem gutaussehenden Polizeibeamten in bestem Alter und tadellos sitzender Uniform nicht zu, private Meinungen einzubringen, die konträr zu seinen Dienstvorschriften und dem gesunden Rechtsempfinden stünden. Die Sachlage sei in diesem Fall klar: Jürgen sei ein Straftäter, der Gabriele und ihm selbst sexuelle und psychische Gewalt angetan habe. Des weiteren habe er pornographisches Material von beiden angefertigt, von dem bislang noch unklar sei, ob es öffentliche Verbreitung durch Verkauf oder entgeltfreie Weitergabe gefunden habe. Man spreche sich vor Gericht, fuhr Martin fort, da Öffentlichkeit die einzige Möglichkeit des Opfers sei, sich zu schützen.

Was er sagte, klang unmenschlich, und seine Stimme, als sänge er.

Dann weiß ich nicht mehr, was er noch sagte. Ich sah, daß Harald und die Frau sich ebenfalls einmischten. Ich nahm an, daß sie ihm beipflichteten und ihre Aussagen vor Gericht wiederholen würden, damit sie dort schriftlich festgehalten und gegen Jürgen verwendet werden könnten. Ich nahm an, sie alle hielten sich für Opfer.

Ich lehne es ab, andere für das eigene Versagen verantwortlich zu machen.

Ich mußte Martin vernichten.

Er war mir im Weg.

Ich kam nicht weiter.

Ich würde ihn zertreten wie eine Wanze.

Die Videokassetten mit den Aufschriften »Martin I–VIII« sowie »Tochter I–IV« wurden vom dem zweiten, fettleibigen Beamten sichergestellt, der in seiner Uniform keine gute Figur machte und von niemandem beachtet wurde, die Drogerie versiegelt und von mir angenommen, daß ich freiwillig in Jürgens Wohnung nicht bleiben wolle.

Die Türen des Polizeiwagens schlossen sich. Der Motor sprang an, und ich sah, daß Jürgen mich nicht ansah. Ich fragte mich, ob der Grund darin lag, daß ich etwas falsch gemacht hatte, und vermutete, daß das eine richtige Annahme war. Aber es war zu spät, meiner Schuld auf den Grund zu gehen. Alle fuhren gemeinsam zum Revier. Ich blieb in mir und rekapitulierte, was dafür sprach, Martin zu töten. Und auf welche Art.

Erhängen, Erschießen, Ertränken, Vergiften, Überfahren, Erwürgen, Ersticken, Erstechen, Erschlagen, Verbrennen, Vierteilen, In-Säure-Auflösen, Enthaupten, Zerfleischen, Zermalmen, Zerstückeln, Zerquetschen, In-Stücke-Reißen und so weiter.

Die Vielfalt des Angebotes erschwerte mir die Entscheidung, wenngleich Todesarten wie Erschießen oder Überfahren ausschieden, da ich weder über Waffenschein noch Fahrerlaubnis verfügte. Ich sah den enthaupteten und verbrannten Martin lebhaft vor mir, aber ich starb bei dem Gedanken an die Tat. Ich war weder zum Würger noch zum Vierteiler geboren. Ich begann den Schmerz, den ich Martin zufügen wollte, das Messer, das ich in seinen Gedärmen drehte, die Säure, die ich über ihm ausgoß, das Auge, das ich mit glühendem Eisen blendete, und die Spritze, die ich in seine Halsschlagader stach, am eigenen Körper zu spüren.

Er war einfach nicht totzukriegen.

Ich begriff mich als Opfer mich umgebender Umstände, die verhinderten, daß ich fortschrittsgläubig einen Fuß vor den anderen setzte.

Ich beschloß, in Gedanken Autobahnen zu bauen, die über alles hinwegführten, das nicht vorankam.

Es gab kein Zurück mehr.

Ich mußte zur Tat schreiten.

Ich fand, daß ich schon zuviel verloren hatte.

Ich wollte meine Kindheit wiederfinden.

Meinen Vater.

Meine Mutter.

Vielleicht war ich nur deshalb unglücklich, weil ich nicht wußte, daß ich glücklich war.

Weil ich nicht wußte, was es heißt, glücklich zu sein.

Ich haßte Martin.

Ich haßte das Mädchen.

Der Lack war ab, der Ausverkauf abgeschlossen, das Schaufenster meines Lebens wie leergefegt. Alles, was ich anzubieten hatte, begann sich in Arbeitslosigkeit aufzulösen, mit der kein bezahlbares Leben möglich schien. Ich war nicht mehr in der Lage, mich an den Mann zu bringen, der etwas für sein Geld haben will, das ihm nicht auf der Tasche liegt.

Und was würde mit Hermann und Heinrich oder Heinrich und Hermann geschehen? Da in meiner Junggesellenwohnung laut Mietvertrag die Haltung von Tieren jeglicher Art strengstens untersagt war und ich mich der Gesetzgebung nicht in den Weg stellen wollte, konnte ich für die beiden Vierbeiner, die Jürgen im Gegensatz zum Menschen, den er als wildes Tier bezeichnete, noch nie enttäuscht oder unbefriedigt gelassen hatten, leider gar nichts tun. In meiner Lieblingsillustrierten, die einmal pro Woche von mir erworben wurde, hatte ich erschütternde Schicksale von angeketteten Tieren mit treuem Hundeblick gelesen, die ein menschenunwürdiges Dasein hinter Gitterstäben fristeten, bis sie aus Mangel an Auslauf und Aufmerksamkeit qualvoll verendeten.

Ich konnte gar nicht verstehen, warum mir diese Endzeitvision nicht das Herz brach.

Ich lachte sogar.

Ich haßte mich.

Ich haßte Martin gar nicht.

Ich haßte mich.

Schlagartig wurde mir klar, daß mein Leben unveränderbar war. Weder würde ich Martin töten, noch würde ich etwas finden, von dem ich nicht einmal wußte, was es war, wo es aufbewahrt wurde und wem es dienen sollte.

Das Leben nimmt seinen Lauf.

Ich gab auf.

Als Martin von der Polizei zurückkam und Jürgen nicht, hatte ich meine Widerstandskraft bereits vollständig eingebüßt. Ich hatte die Abwehr meiner selbst verabschiedet und hieß mich wieder willkommen. Während Martin zu mir sprach, wurde mir auf einmal bewußt, daß wir gemeinsam zu meiner Wohnung gehen würden, die ich aufgrund von Jürgens Umsicht nicht aufgegeben hatte.

Martins Gegenwart hatte eine beruhigende Wirkung auf mich. Ich überhörte das Schreien in meinem Inneren, das wie damals klang, als mein Vater sagte, so schreie nur ein Verrückter. Wir gingen weiter. Meine Blicke waren nach vorne gerichtet. Mit jedem Schritt breitete das Schweigen meiner Sinneswahrnehmung sich aus. Ich war in mir, aber ich war unauffindbar. Ich griff nach Martins weißer Hand und beschloß, nicht mehr an den Tod zu denken.

Es gehört mehr dazu als Selbstmitleid, um Selbstmord zu begehen.

Ich bin nicht.

Aber ich werde sein.

Vielleicht könnte Martin mir dabei behilflich sein. Zu zweit ist alles leichter. Aber ich fragte mich, ob zwei Schwache wirklich genug Kraft füreinander haben.

Mir schien, als hätte ich mich das schon einmal gefragt.

Ich wollte nicht mehr nachdenken.

Im Gegenteil würde ich die geselligen Feste meiner Eltern feiern, wie sie fallen. Ich würde im Frühling Weihnachtsbäume zu Gelegenheitspreisen kaufen. Mein Leben würde ein einziger Abenteuerurlaub sein, den ich mir vornahm, mit meinen unternehmungslustigen Arbeitskollegen genußvoll auszukosten. Ich würde auf die Konvention pfeifen und ein Musterbeispiel an Lebensfreude sein. Ich würde von mir selbst in die Hand genommen werden, da ich von einem fremden Mann nichts Unbekanntes anzunehmen hatte. Ich würde nicht Hand an mich legen. Vielleicht war das Leben unerträglich. Aber der Tod ändert daran auch nichts.

Der Tod ändert nichts.

Der Tod beendet.

Ich nahm mir vor, erwachsen zu werden und Verantwortung für mich zu übernehmen.

Meine Kindheit war mir verleidet.

Ich haßte Kinder.

Ich war ja selbst noch eins.

Martin hielt mich. Wir gingen geradeaus und nicht wie ich auf Umwegen. Mit jedem Schritt, der mich meiner Wohnung näher brachte, wuchs ich über mich selbst hinaus. Ich war vier Meter groß, stark wie Schwarzenegger, blitzschnell wie Superman, klug wie Hannibal Lector und siegreich wie die Frau mit der frechen Wicklerwelle.

Ich konnte es gar nicht erwarten, endlich da zu sein.

Ich ging die vier Stockwerke hinauf.

Ich schloß die Tür zu meiner Junggesellenwohnung auf.

Ich schloß die Tür zu meiner Junggesellenwohnung ab.

Zunächst hängte ich mein blousonartiges Sportsakko mit abnehmbarem Baumwollinnenfutter, das nur mit 30 Grad von mir gewaschen und keinesfalls geschleudert werden durfte, auf die siebzig Zentimeter tiefe Garderobe aus schwarzlackiertem Stahlrohr, die sehr preisgünstig gewesen war.

Ich beschloß, mich um die nötige Gemütlichkeit zu kümmern und nahm auf einem dunkelgrün lasierten sowie patinierten Stuhl aus massivem Kiefernholz Platz, von dem ich vergessen hatte, daß ich ihn besaß. Dann griff ich nach meiner Lieblingsillustrierten, die einmal pro Woche von mir erworben wurde, um zu sehen, wie meine Sterne stünden. Starastrologin Maria Schäfer empfahl mir, mich nicht zu weit für andere aus dem Fenster zu lehnen, sondern lieber zu Hause die nächsten Schritte zu planen. Dazu rate mir Pluto. Ich würde mit dem konfrontiert werden, was ich bislang am meisten verdrängt hätte. Das koste viel Kraft, aber keine Angst: Laut den Sternen tue sich etwas. Jupiter stehe günstig und gebe mir die Energie, alles zu überstehen und mich nach etwas Besserem umzusehen.

Ich fand das schicksalhaft.

Dagegen war ich machtlos.

Ich öffnete das Küchenfenster, damit die alte Luft ihren Weg hinausfinden würde, wo ich nicht mehr war. Ich hütete mich allerdings davor, nach draußen zu schauen, da ich befürchtete, durcheinanderzukommen und das Gleichgewicht zu verlieren.

Bevor ich in meiner Lieblingsillustrierten weiterlas, die einmal pro Woche von mir erworben wurde, erhob ich mich von meinem dunkelgrün lasierten sowie patinierten Stuhl aus massivem Kiefernholz, von dem ich vergessen hatte, daß ich ihn besaß.

Tief in mir verspürte ich ein Hungergefühl.

Ich griff nach zwei Fischkonserven: Sardinen in Öl für 1,99 DM sowie Hering in Tomatensauce, an dem ich aufgrund des ungewöhnlich niedrigen Preises von 1,29 DM nicht hatte vorbeigehen können.

Während ich mich an das offenstehende Küchenfenster stellte und wechselweise mit einer mit gummiertem Griff versehenen Edelstahlgabel in beide Konserven stach, ließ Martin mich wissen, wie glücklich er sich fühle. Er sagte, er wolle sein altes Leben endlich beenden und zu Grabe tragen. Er glaube an ein Leben danach, eines mit Harald, der ihm den Mut gebe, noch einmal ganz von vorne anzufangen. Nie zuvor sei er geliebt worden. Nicht einmal von mir. Aber er habe sich vorgenommen, leben zu lernen.

Er sagte, er werde sich in Therapie begeben.
Ich lachte mich tot.

Fischkonserven, die mich insgesamt 3,28 DM gekostet hatten, wurden von mir beiseite gelegt.

Es war ganz einfach.

Ich hatte geglaubt, unmenschliche Kräfte aufwenden zu müssen, aber ein einfacher Stoß hatte bereits ausgereicht.

Als ich mich danach aus dem Fenster beugte, sah ich Martin in einer großen Blutlache am Boden liegen. Seine Glieder waren auf vulgäre Weise verkrümmt.

Ich konnte sein Gesicht nicht erkennen, aber ich stellte es mir vor.

An dem Tag bin ich gestorben.

Martin glaubte an ein Leben nach dem Tod.

Vielleicht gab es das.

Aber ohne Harald.

Ich lachte.

Ich weiß, daß man sein Leben nur einmal lebt oder überhaupt nicht.

Ich stellte fest, daß es bereits eine halbe Stunde später als noch vor einer halben Stunde war.

Mir sollte das Leben nicht noch einmal davonlaufen.

Ich schloß das Fenster.

Zuviel Luft ist nicht gut für meine Atemwege.

Ich beschloß, eine rote Steghose anzuziehen, die ich recht flott fand, sowie ein schwarzes Seidenhemd, auf das ich in meiner Angestelltenzeit als Einzelhandelskaufmann in einem traditionsreichen Herrenbekleidungsgeschäft mit Niveau zwanzig Prozent Rabatt erhalten hatte und das noch immer topgepflegt aussah.

Ich tat es.

Ich schloß die Tür zu meiner Junggesellenwohnung auf.

Ich schloß die Tür zu meiner Junggesellenwohnung ab.

Ich ging die vier Stockwerke hinab.

Martin würdigte ich keines Blickes. Vielleicht war er gar nicht mehr da. Zumindest war er mir nicht im Weg, denn ich wußte genau, wohin ich wollte.

Ich machte kurz auf einer öffentlichen Toilette halt. Als ich das Lokal betrat, hatte es sich bereits bis auf vier Leute geleert. Ich konnte also nicht schuld daran gewesen sein, obwohl Pedro, der Wirt, mich mit einem Blick ansah, aus dem Anklage sprach. Pedro ist Gastar